ROBERT BADINTER

L'Exécution

GRASSET

A Henry Torrès,
mon maître.

NOUS sommes arrivés devant la maison. Il faisait encore nuit. Le concierge nous attendait dans un grand état d'excitation. Des journalistes avaient essayé de pénétrer dans l'immeuble. Ils voulaient à tout prix s'assurer que je ne me trouvais pas chez moi. Car mon absence, à cette heure, signifiait la mort de Bontems.

Dans l'appartement, les lumières étaient demeurées allumées. Tout était silencieux. Je suis allé à la cuisine. La théière, les tasses étaient encore sur la table. Nous nous sommes assis, ma femme et moi, l'un en face de l'autre, comme tout à l'heure.

Nous sommes restés là, tous les deux, sans rien dire. J'ai pensé que demain matin, je n'irai pas faire cours, j'ai rectifié intérieurement : non, ce matin. J'ai regardé l'heure. Il était six heures passées. Hier, à la même heure, Bontems dormait sans doute. Son angoisse de la nuit était achevée. Aujourd'hui aussi. Et pour toujours.

Bontems était mort. J'avais vu Bontems aller à sa mort. J'avais vu mourir un homme que j'avais défendu. Plus jamais je ne pourrais faire quoi que ce soit pour le défendre encore. On ne plaide pas pour un mort. L'avocat d'un mort, c'est un homme qui se souvient, voilà tout.

La guillotine rend tout dérisoire. Il n'y a pas de révision possible, pas de grâce possible, pas de libération possible, pour le décapité. Je ne pouvais plus rien pour Bontems. C'était la vérité nue, la seule de cette nuit. Quel était donc le sens de tout ce qui s'était passé, de tout ce que nous avions fait ou voulu faire pour lui, nous ses avocats ? Je regardais mon image dans la glace. Ce n'était pas là que s'inscrivait la réponse. Il n'y a pas de tête d'assassin. Il n'y a pas non plus de visage d'avocat vaincu. J'éteignis la lumière. La vie, ma vie continuait. Je n'en étais pas quitte pour autant. Cette nuit-là, je le savais maintenant, ne s'achèverait pas à l'aube.

PREMIÈRE PARTIE

Un avocat, ça sert à quoi ? à tenir son rôle, à dire des phrases, des mots qu'on attend, au moment où on les attend ? Quand on dit d'un avocat qu'il a du talent, qu'est-ce que cela signifie ? Que son rôle est bien tenu, que ses phrases sont bien venues, qu'il sait faire naître juste ce qu'il faut, pour un instant, de bonnes, de nobles émotions qui font plaisir à ressentir, parce qu'elles vous rappellent que vous êtes un homme de cœur, avec une conscience, une sensibilité, une générosité toutes prêtes à vibrer en vous ? Et puis la représentation achevée, le commentaire des connaisseurs saluant la performance, l'avocat retourne à son banc. *Qu'a-t-il fait réellement pour l'homme qu'il défend ?* Quand il a fait son métier, il lui est aisé de se dire qu'il a tout tenté, et que la décision ne le regarde plus, sauf pour son palmarès. C'est là le piège, le plus subtil — celui où se prend le plus aisément l'avocat. La bonne conscience lui est si facile. A lui qui ne requiert pas — qui ne juge pas — qui ne décide pas. A lui qui est toujours du bon côté de la barrière.

Je m'interroge à nouveau — A quoi sert un avocat ? A quoi ai-je servi ? Ce n'est pas seulement la fatigue ni l'angoisse, ni même la mort donnée sous le dais, qui rendent plus lancinante cette question. Simplement je ne peux plus l'esquiver. Je suis arrivé au terme de la course. Mon maître avait raison. « Un jour, tu iras jusqu'au bout. Tu ne l'auras pas prévu, tu te seras battu, tu auras perdu. Et quand ce sera fini, alors tu seras devenu un avocat. » J'avais vingt-deux ou vingt-cinq ans. J'étais plein d'ardeur et de raisonnements. Je m'étonnais de le voir céder au mythe de l'initiation par le sang. Tous les avocats ne vont pas jusqu'à la guillotine, les condamnations à mort sont rares, les exécutions plus encore. Qu'était ce préjugé singulier qui reconnaissait comme avocats ceux-là seuls qui avaient vu tuer leurs clients, au lieu de les voir s'engloutir dans la nuit des prisons. Je dénonçais cette conception de la défense où seuls devenaient membres de la confrérie les avocats que leur destin judiciaire avait menés devant la guillotine ou le poteau d'exécution. Je m'emportais jusqu'à dire à mon maître qu'il y avait là chez lui des sentiments fascistes, à l'instar de ce général franquiste qui criait à l'université de Salamanque : « Viva la Muerte ! » Mon maître aimait les indignations. Quand j'avais bien fulminé il me répondait : « Tu as peut-être raison. Nous sommes tous un peu fascistes, un peu sadiques, ou tout ce que tu voudras. Mais tu verras, tu comprendras. La mort du condamné, c'est l'injustice à l'état brut, la seule, celle qui ôte à l'avocat même sa raison d'être, parce qu'elle est définitive, parce qu'il ne peut plus rien, parce qu'il ne pourra jamais plus rien pour celui qu'il défendait. C'est le mur, le mur lisse. Une fois que tu l'auras rencontré, que tu auras éprouvé que le chemin s'arrête là, alors tu te poseras les vraies questions. Et tu seras devenu un avocat. » Il souriait sous ses lourdes paupières. « Enfin, peut-être... »

Les vraies questions ? Etrange propos. Elles ne sont jamais fausses les questions que l'on pose. Les réponses parfois, parce qu'on biaise, parce qu'on fuit, parce qu'on triche. Mais les questions, elles, ne mentent pas. Les questions sont innocentes, même quand on les pose avec des arrière-pensées, avec l'espérance secrète que l'autre répondra mal ou mentira. Les questions ne sont jamais des pièges. A peine des épreuves. Le talmudiste a raison : « Toutes les réponses sont dans le livre, mais où sont les questions ? » L'avocat pose volontiers des questions. Mais les questions essentielles, qui les lui posera, sinon lui-même ? Levez-vous, cher maître, et répondez. Le questionneur c'est vous. Le répondeur c'est vous. Peut-être pas le même vous. Celui qui vous interroge, c'est ce jeune avocat que vous avez été, qui était vous, qui est encore un peu vous. Celui qui répond, c'est cet avocat que vous êtes, du double de son âge, qui est allé au bout de la nuit. Vous voici maintenant en présence, le face à face a commencé. Vous ne pouvez plus vous dérober. La question est posée. A quoi donc servez-vous, monsieur l'Avocat, quel est réellement votre rôle ? Allons, nous avons de la patience, prenez votre temps, — le nôtre. Il est venu, le moment des réponses.

Au début, tout au début, il y avait ce jeune homme. C'est de lui qu'il me faut parler d'abord. Et puis de mon maître. Parce qu'ils sont liés, indissolublement, le jeune homme et le vieil homme, en moi. Et qu'ils sont tous deux ma jeunesse.

J'aimais mon maître, je le dis sans fausse honte. Et je n'ai jamais cessé de l'aimer. Pourquoi l'aimais-je ainsi ? Sans doute parce que j'avais perdu mon père pendant la guerre et lui, l'un de ses fils. Ce transfert ne suffit pas à tout expliquer. Je rêvais, je rêve toujours à mon père comme à un Juste, au sens le plus fort que les juifs donnent à ce mot. Sa mort m'était une blessure secrète, toujours à vif. Elle était le signe de l'injustice, toujours présente. Et aussi, d'une société que je haïssais parce qu'elle acceptait si aisément que les choses fussent telles, qu'il fût mort et que nul ne s'en souciât. Je détestais les puissants d'être vivants, protégés et sûrs d'eux-mêmes, pensais-je en mon ignorance. Les autres, ceux que la vie me paraissait blesser, accabler, je me sentais proche d'eux. Mais je ne voyais en ces années d'après-guerre et de guerre froide, aucune issue politique et m'en accommodais. Je rêvais bien de combats contre l'injustice, mais c'était de combats singuliers.

Dans cette disposition d'esprit, j'entrai au Palais, par hasard, et non par vocation. J'ignorais tout du milieu judiciaire, et voulais être professeur de droit. En attendant, il fallait vivre, s'assurer l'indépendance. Je m'inscrivis à l'Ordre et prêtai serment — un jour de novembre 1950. J'avais vingt-deux ans. Je portais la cravate blanche de rigueur sur la robe. Le bâtonnier écorcha mon nom en le lisant. Je fis mine d'en rire, mais fus blessé à vif. Je me sentais ridicule dans cette robe trop grande, louée pour la circonstance. Et tout à fait seul. Je quittai le palais aussi vite que possible et courus retrouver la bibliothèque de la faculté. Mais la fuite dans les livres était vaine.

Quelques jours plus tôt, j'avais accompli la rituelle démarche. Le futur avocat se voit désigner un rapporteur, membre du conseil, qui examine son dossier, visite son installation professionnelle, et reçoit l'impétrant. Je fus donc introduit, ce soir-là, dans le salon d'attente de Me X... Je regardais avec curiosité autour de moi. C'était le premier salon d'avocat que je voyais. Le décor était celui des appartements riches du XVIe dans les années d'après-guerre. Le style Jansen s'y épanouissait, dans une floraison de petits tapis d'Orient et de grands fauteuils Louis XVI brochés de satin brillant. Aux murs luisaient quelques tableaux aux sujets indistincts. Je restais debout, m'efforçant de sourire, et en réalité affreusement mal à l'aise. La porte devant moi s'ouvrit. Me X... vint à ma rencontre avec un air plein d'importance. Il me tendit la main, me convia à entrer dans son cabinet. Je pris place dans une trop grande bergère ; lui s'assit derrière un bureau Louis XV rutilant, éclairé par une potiche de Chine accommodée en lampe qui le dérobait à moitié. Mon dossier était ouvert. La conversation fut étrange : « Vous avez fait de bonnes études. » (Je ne dis rien.) « Vous avez été aux Etats-Unis. C'est bien, les Etats-Unis, c'est l'avenir. » (Je ne disais toujours rien.) « Vous voulez sans doute faire du droit international, comme mon ami Y... » (Le nom de ce dernier m'étant alors inconnu, je me bornai à un geste évasif.) « Très bien, très bien... » Un silence pesant s'établit entre nous. Il feuilletait mon dossier, plutôt pour se donner une contenance. « Ah ! votre père est mort pour la France. — Très bien. Il était d'origine russe, n'est-ce pas ? » Cette fois je répondis « Oui. » Comme si le dialogue s'était instauré, il reprit : « Votre père était commerçant ? — Oui. — Votre famille doit avoir des relations dans les affaires ? » Je hochai négativement la tête. « Ah ! vous avez sans doute des amis au barreau ? — Aucun », répliquai-je, et je sentis que je souriais car ce n'était pas tout à fait exact. « Vous avez un patron en vue ? — Non. — Je vois, je vois, dit alors Me X... Et vous avez peut-être de la fortune, des biens personnels ? — Rien. »

Alors Me X... me regarda, et d'un ton préoccupé, me dit simplement : « Mais dans ces conditions, monsieur Badinter, pourquoi voulez-vous devenir avocat ? » Je ne répondis pas. Il n'y avait d'ailleurs rien à répondre. Nous nous regardâmes en silence. Il se leva, me raccompagna avec des vœux de bonne chance. Je le remerciai et me retrouvai dans le grand escalier à pierre blanche et tapis rouge. Me X... avait raison. — Au fait, pourquoi être avocat ? Et d'ailleurs qu'est-ce qu'un avocat ? Me X..., sans y prendre garde, m'avait posé les questions essentielles. Mais où était donc la réponse ?

Par hasard, je trouvai un patron. Ou plutôt, un ami. C'était un homme exquis, jeune encore, qui avait une passion : les femmes. Il les aimait à la folie, comme un héros de Maupassant. Il leur donnait, non seulement l'essentiel de son temps et de ses forces, mais aussi de ses pensées, de l'intérêt que la vie peut éveiller, par ses hasards et ses divertissements, chez un homme sensible et fin. Il accepta aussitôt de me donner son parrainage à l'égard de l'Ordre pendant le temps requis, comme si je travaillais effectivement pour lui. Il me dit en se moquant de lui-même que n'ayant guère de clients il lui paraissait bien prétentieux d'avoir un collaborateur, n'ayant pas de surcroît de quoi le payer. Mais il me recommanda de profiter de mon temps libre pour faire un stage chez un avoué. Je suivis le conseil et grâce à lui entrai comme petit clerc chez un excellent homme, avoué de longue tradition familiale où je fus initié à la pratique de la procédure.

Je vécus dans son étude un hiver rigoureux et divertissant. Il faisait un froid de loup. Dans la grande pièce, autour d'une immense table, étaient assis les clercs. Un poêle antique tiédissait à peine les murs. Je me souviens d'avoir en janvier gardé pardessus, cache-nez, et même un gant, ne dénudant que la main droite pour écrire. Mais le froid et le caractère sinistre des lieux n'altéraient en rien une bonne humeur, une joyeuseté, qui régnaient en maître dans l'étude. Le principal clerc dans la petite pièce sur cour pratiquait l'humour anglais. Il nous enseignait inlassablement des recettes que nous oubliions aussitôt. Quant au personnel féminin, qui n'offrait guère matière à séduction, il était dominé par une puissante personne haute en couleur et forte en gueule, qui nous aimait et nous houspillait tous avec la générosité et le tempérament maternel que l'on prête aux cantinières des armées impériales. C'était le règne de la Mamma. La tradition farceuse de la basoche survivait encore. Avec les clercs d'une autre étude, nous montâmes une magnifique mystification. Nous inventâmes une affaire de succession internationale, impliquant des intérêts gigantesques. Une étude assigna, l'autre répliqua. Nous échangeâmes de concert de graves conclusions et même de la correspondance, savamment dissimulée aux patrons. Enfin, nous envoyâmes les dossiers des deux affaires à deux avocats choisis pour leur notoire prétention. Ils remercièrent par écrit les avoués, et se mirent au travail. Peut-être auraient-ils plaidé l'affaire et aurions-nous même, ô triomphe, obtenu un vrai jugement sur une affaire inexistante. Hélas ! l'un des avocats, inquiet de ne pas voir venir la provision demandée, appela notre patron pour s'informer. La mystification fut mise au jour, la remontrance fut ferme dans le propos, plus que dans le ton. Nous avions bien ri aux dépens des glorieux. La tradition était sauve.

Comme j'aimais écrire, l'on m'avait affecté à la rédaction des fausses lettres de rupture ou d'insulte censées fonder une décision de divorce qui en réalité entérine l'accord entre les parties. Je rédigeais ainsi tour à tour les billets de l'amant à sa maîtresse, que le mari était censé avoir surpris par hasard, ou la lettre d'adieu de la femme réputée avoir quitté le domicile conjugal, où elle attendait en réalité le jugement. Je m'initiais ainsi dans les coulisses à la comédie judiciaire. Je rencontrais aussi, au hasard d'une enquête civile, sur les visages égarés de certains clients, les premiers traits de la misère judiciaire. N'importe, je filais sur ma mobylette, le cache-nez au vent, à travers Paris, arrogant comme un jeune coq, brûlant de l'ambition d'assumer de grands rôles dans de grands procès. Je ne savais rien de la Justice. J'ignorais tout du métier d'avocat. Mais comme Chérubin des femmes j'attendais tout — de toutes les causes à venir — de toutes les plaidoiries à dire — de toutes les innocences à établir. Je rêvais ma vie professionnelle et vivais ce rêve — et non ma vie. J'étais heureux et malheureux, petit clerc d'avoué qui gagnait mille anciens francs par mois et s'amusait tant...

Je rencontrai mon maître. Il me prit avec lui. Et tout changea. Mon maître me fascinait et m'irritait à la fois. Il avait connu, tout jeune, la plus éclatante gloire professionnelle, plaidé les plus grandes affaires, vécu toutes les joies et toutes les épreuves du métier d'avocat. Etait-ce parce que pendant tant d'années il avait ainsi incarné aux yeux du public l'Avocat ? L'identification allait presque jusqu'à la caricature. En sa personne, les clichés devenaient réalité. Sa voix était naturellement de « bronze », sa stature « puissante », son éloquence « sublime ». Et pourtant, son expression, trop riche d'adjectifs rares et de périodes balancées, lorsqu'elle n'était pas magnifiée par l'inspiration, me paraissait lourde, vieillie, presque démodée. Parfois, cette forte machine patinait, semblait impuissante à prendre son essor. Il se perdait en redites, en digressions, en effets rhétoriques. Il était, à ces moments-là, pathétique, presque dérisoire. Je souffrais de le voir tel, s'essoufflant à la recherche de lui-même, et jouant son propre personnage comme s'il avait été sa doublure. Puis le miracle survenait une fois encore. L'avocat reprenait possession du vieil homme, et l'audience, d'un seul coup, se transformait. Elle n'était plus formalité, rite, mais drame, exaltation de la vie. La défense n'était plus seulement une fonction ou un rôle, mais une passion et une mission. A ces instants mon maître était comme possédé. Il irradiait de lui une force inattendue qui balayait les défenses de la raison, s'emparait des auditeurs et les mettait à sa merci. Elle donnait à ce vieil homme, gros, chauve, aux traits épais, une singulière beauté. Car devant eux, les jurés, étonnés, voyaient, non plus ce masque de vieux jouisseur, mais le visage même de la défense. Pour de tels moments, de telles métamorphoses, comment à vingt ans ne l'aurais-je pas aimé ?

Mais il y avait d'autres raisons. S'il avait de l'avocat d'assises tous les défauts conventionnels, poussés chez lui jusqu'à la charge : le cabotinage, la vanité, la verbosité, il en avait aussi les grandes vertus. Sous son épaisse écorce, se dissimulait une intuition sans faille de tous les ressorts et de tous les détours du cœur humain. Aucune nuance n'échappait à son gros œil, toujours attentif. Il était bon, d'une bonté naïve, élémentaire, qu'il s'appliquait à dissimuler sous des fureurs et des colères jupitériennes et enfantines. Enfin, à l'audience il ne redoutait rien ni personne. Non par arrogance ou mépris. Mais par l'effet de sa nature et aussi du sentiment qu'il avait d'être aimé de la vie et des hommes.

Car tous, ou presque tous, l'aimaient. Du moins je me plais à le croire. Pour ses faiblesses autant que pour ses vertus. Parce qu'il n'était ni lassé, ni blasé, parce qu'il adorait le plaisir, tous les plaisirs. Parce qu'il courait retrouver une femme, un ami ou les champs de courses avec une joie de jeune homme que rien n'altérait, pas même l'âge venu.

Certains soirs, une femme ou un ami lui ayant fait défaut, il m'intimait de le suivre. Nous partions vers un Paris que je découvrais grâce à lui. Il aimait les bistrots aux riches nourritures dont le patron, ancien truand établi ou vieille copine qu'il saluait avec tendresse, lui faisait les honneurs. Il réclamait, à la surprise du barman, un Amer Picon, que lui seul buvait encore. Puis, il engloutissait des tripes farcies, du bœuf mode, des fromages généreux, des tartes, arrosés de bourgogne. Peu à peu se rassemblait autour de lui une cour singulière, mélange d'anciens clients, de putains esseulées et de consommateurs qu'attiraient sa conversation et sa célébrité. Alors, le cigare allumé, l'œil mi-clos, caressant d'une main forte un alcool blanc, il s'abandonnait à son monologue, à la douceur de la nuit qui s'avançait, à ces présences attentives et amicales autour de lui. Et nous tous l'écoutions. Parce qu'en ses heures d'abandon, il enchantait par mille histoires. Parce que nous nous sentions baigner, grâce à lui, dans une atmosphère de générosité, presque de tendresse, qui nous ramenait, par des voies secrètes, à l'enfance perdue. Nous rentrions enfin, après avoir, au hasard des heures, hanté d'autres lieux. Partout il suscitait le même accueil, les mêmes retrouvailles. La nuit s'achevait. Je le déposais devant la porte de son hôtel, avec une fille, ou vieil homme solitaire, avec ses rêves. Je rentrais chez moi, recru de fatigue, mais heureux. Tout à l'heure, je le retrouverais, bougonnant, insupportable, et nous irions ensemble à l'audience. Je vivais ainsi ma jeunesse avec lui — et lui en étais reconnaissant —, comme de vivre, grâce à lui, mes premiers moments à la défense.]

A Troyes, ce jour-là, il faisait enfin beau. Juin avait rejeté dans le passé, d'un coup, ce long printemps pluvieux. Il faisait même très chaud, dans la cour sablée de la prison où nous attendions sous le soleil, Philippe Lemaire et moi. Les gardiens attendaient eux aussi, à nos côtés, tandis que l'on visait nos permis de visite. Et les gendarmes autour du poste de garde avaient l'air vague de ceux qui laissent le temps couler avant que l'action ne commence. Derrière cette indifférence affectée, je percevais une sourde tension.

L'Administration avait choisi de détenir Buffet et Bontems, pour la durée du procès, à la maison d'arrêt, au quartier des femmes. Pour mieux assurer leur surveillance, elle avait fait vider ce quartier. L'Administration avait aussi fait venir en renfort des gendarmes. Contre qui ? Pourquoi ? Contre quelle menace ? Il y avait quelque chose de ridicule dans ce déploiement de forces inutile. Et le contraste entre ces bâtiments vides et cette cour pleine d'uniformes ajoutait encore à ce sentiment de dérision.

Le gardien-chef qui nous accompagnait nous parlait des deux prisonniers. Il était à l'évidence sans haine et même sans passion. Sa préoccupation était seulement de remplir son office, de faire en sorte, comme il disait, que les choses se passent bien. Je regardais son visage serein tandis qu'il prononçait ces mots « que les choses se passent bien ». Qu'est-ce que cela voulait dire pour lui ? Sans doute qu'il remette à la justice ces deux hommes en bon état pour qu'elle en dispose à son gré. Et pour nous ? et pour eux ? et pour le patron du café de Troyes où nous nous étions arrêtés, en entrant dans la ville, et qui se réjouissait déjà de l'exécution à venir. Allons, les choses se passeraient bien. Mais pour qui ?

Dans la cellule aménagée en parloir, il faisait frais, presque froid. Devant la porte se placèrent, mousqueton à la main, deux gendarmes. Le gardien-chef continuait à parler des précautions exceptionnelles prises à l'égard de Buffet. « Le vôtre évidemment c'est différent », poursuivit-il. La porte s'ouvrit. Bontems parut, escorté de deux gardiens.

Je n'avais jamais vu Bontems. L'ai-je d'ailleurs vraiment vu, avant cette longue période de la fin, à la Santé ? Un avocat voit-il celui qu'il va défendre comme un homme en regarde un autre, pour le connaître ou le comprendre ? Entre l'accusé et son avocat, les rapports qui se nouent sont d'un autre ordre que d'analyse ou de contemplation. Il s'agit de lutter ensemble — et parfois de vaincre ensemble. L'avocat doit être assuré que son client ne lui fera pas défaut, par une attitude, un mot d'abandon dans l'épreuve de l'audience. Tout comme l'accusé doit éprouver, indéfectiblement, que son avocat n'est pas confortablement installé au banc de la défense comme dans un observatoire ou sur une scène privilégiée, mais présent, prêt à mener son combat — à tout moment.

Mon maître est assis, tassé à sa place. Ses grosses paupières sont presque closes. Il ne bouge pas plus qu'un chat qui guette. Ses mains sont jointes, doigts croisés sur son ventre. Apparemment il est loin de l'audience, et de le voir ainsi indifférent, tandis que s'égrènent les propos des témoins de l'accusation, les jurés, la cour sont gagnés eux aussi par un certain détachement de ce qui se passe, de ce qui se dit, et qui n'est pas à l'avantage de l'accusé. Tout à coup, au milieu d'un propos, sans que le visage bouge, sans que l'œil même paraisse s'ouvrir, sans un geste, la voix formidable fait jaillir un « NON » tonnant. La surprise est totale. Le témoin s'arrête. Toutes les têtes se tournent vers la grande masse, enveloppée dans sa robe noire. Et c'est la charge. « Non, au mensonge, non, à la complaisance, non, à l'injustice. » La voix s'enfle, la phrase se fait pleine, le corps dressé l'accompagne. Le témoin a trébuché. Erreur ou mensonge, qu'importe, il vient de se contredire. La brèche est ouverte. L'avocat a foncé. Vainement le président veut-il le retenir ; tourné vers les jurés, au mépris de l'avocat général qui essaie d'interrompre et dont mon maître couvre la voix, c'est, martelé avec passion, le rappel éternel des grands principes : oui, l'erreur engendre le doute, oui, le doute profite à l'accusé, oui, la justice ne souffre pas l'incertitude et moins encore le mensonge. Et quand le tonnerre s'arrête, et que le grand corps retombe sur le banc, le silence qui règne marque que la défense s'est levée, qu'on l'a reconnue. L'accusé a relevé la tête, ses yeux brillent.

Un instant, mon maître l'a libéré de son angoisse, il a repoussé comme à bras tendu cette menace qui rôde dans la salle d'assises, autour du box. L'accusé n'est plus seul. Entre lui et le péril, s'est jeté d'un coup son avocat. Par lui l'accusé a retrouvé la solidarité humaine, ce lien essentiel qui unit, même très éphémère, ceux qui mènent ensemble le même combat, chacun à sa place, chacun avec ses forces. Nous sommes aux assises d'Eure-et-Loir. Mon maître défend un voyou. Mais un voyou accusé, c'est d'abord un accusé. Et cet accusé joue en cette audience sa vie d'homme. Prendre en charge complètement, pour un moment extrême, le sort d'un homme, c'est cela d'abord, la défense.

Bontems, je dois le défendre. Défendre, ce n'est pas aimer, — ce n'est même pas connaître celui que l'on défend. Ceux qu'on aime, ceux qu'on connaît bien, on les défend mal, prisonnier que l'on est de cette affection, de cette amitié, de cette connaissance. Allez donc défendre un ami cher, une femme aimée, un frère avec ce qu'il faut à tout moment de sang-froid à la barre.

Non que la défense doive être froide, raisonneuse, logique. La défense au contraire est passionnée. Mais cette passion, ce n'est pas dans la personne même de l'accusé qu'elle prend sa source. Car alors on ne défendrait qu'un homme, une femme ou au mieux quelques-uns dans sa vie. Quant aux autres, on ferait simplement mine de les défendre du bout des lèvres, ou à grand renfort d'émotion simulée. En réalité pour l'avocat, il n'est qu'une seule passion : défendre. Encore, toujours, inlassablement défendre, sans jamais céder, sans jamais renoncer, sans jamais, même un instant, reculer : défendre, défendre, défendre. Cette passion-là, celui qui l'éprouve en est comme possédé. L'accusé, le procès ne sont que le sujet, le cadre qui lui permettent de l'exprimer.

La défense c'est cela, cette passion qui étreint l'avocat, qui le met par instants hors de lui, qui fait de ce professionnel consciencieux un démiurge qui soulève des forces obscures, à grands coups d'arguments étrangement raisonnables — comme si la raison n'était que le masque rituel du danseur en transes. Le masque, dont les traits sont des signes conventionnels, rassure. Mais derrière le masque, c'est le visage ravagé du danseur, et son souffle haletant et la transe que perçoit sourdement le spectateur qui accomplissent l'exorcisme. L'avocat à ce moment suprême est un sorcier. J'ai toujours aimé les sorciers. Ils font reculer les limites du monde.

Mon maître est à la barre, puissant, massif, inaltérable. Tout est lourd en lui, les traits, le geste, la voix même. Il pèse lourd son poids d'homme vieilli. Deux plis, des ailes du nez au menton accusent la ligne busquée du profil. Des poches soulignent le regard. Les lèvres sont fortes, épaisses, sensuelles. Le visage entier est marqué, pétri par la vie, les épreuves, les plaisirs. La main gauche, aux doigts courts, porte une bague d'or. Elle rythme les longues phrases ou d'un coup martèle la barre, frénétiquement, comme un tambour magique.

Mon maître plaide. Comme un bûcheron qui avec de grands han abat la hache, coup après coup, sur l'arbre qui refuse de tomber, d'ouvrir la voie au jour. Il plaide depuis longtemps déjà. En vain. Ses arguments défient l'ordre logique. Il veut forcer l'attention, surprendre par une attaque soudaine une conviction qui résisterait à un assaut mieux ordonné. La voix s'est faite tour à tour modulation ironique, colère maîtrisée, compassion retenue. En vain. Le jury, la cour sont comme un mur. Les raisonnements, les émotions les frappent de plein fouet sans les entamer. Inlassablement, l'avocat repart à l'assaut, avec des forces apparemment inépuisables. En vain. Depuis les interrogatoires, le réquisitoire, le jury paraît inébranlable. Mon maître ruisselle de sueur, la voix est devenue rauque, la fatigue creuse les traits. Je sens qu'il tâtonne, à la recherche d'une ouverture encore secrète dans ce bloc de négation qui lui fait face. Soudain la voix se tait. L'avocat est silencieux à la barre. Lentement, longuement, mon maître prend dans son regard chacun de ces visages immobiles, tournés vers lui, qui le fixent avec surprise. Un instant encore du plus grand silence qui ait jamais envahi une salle d'audience. Et puis comme si ce silence avait été un grand filet où il avait d'un coup pris tous ces cœurs, l'avocat doucement entreprend de les ramener à lui. Il ne bouge plus. Sa voix s'est assourdie. Le ton même a changé, devenu étrangement calme, presque monocorde. Les jurés penchent leur visage vers lui. L'avocat général jusque-là impassible, d'un léger mouvement sur son siège, semble reprendre vie. Mon maître a comme abandonné le procès, la partie. C'est de lui qu'il s'est mis à parler, ou plutôt de la défense qu'il incarne en ce moment. Il évoque cette même salle d'assises qui l'a vu, vingt ans plus tôt, dans toute la force de l'âge, sauver deux assassins que guettait le châtiment capital. Se tournant vers les avocats assis près de lui, il les dépeint dans leur jeunesse, déjà présents à ses côtés. Eux maintenant ont à leur tour atteint maturité et notoriété. Et me regardant, il me montre comme ils étaient alors, entrant à mon tour dans la carrière, et lui-même au crépuscule de sa vie, luttant encore avec nous, à notre tête, mais déjà tout marqué d'ombre. A l'entendre ainsi, la défense devenait une chaîne d'hommes qui d'âge en âge se levaient pour prendre leur place au banc sacré, puis s'effaçaient lentement tandis que d'autres se dressaient à leur tour. La voix était montée, le grondement résonnait. Tourné vers les galeries obscures du public, dans cette ville universitaire où nous plaidions, mon maître adjura alors les étudiants présents, les sacra chevaliers de la défense. Il haletait, et l'apostrophe de Démosthène jaillit de sa poitrine à leur adresse. « Levez-vous, jeunesse d'Athènes et reprenez le flambeau des gloires »... Et la salle, et le jury, et la cour, tous étaient devenus autant de défenseurs, tous vivaient avec lui, avec nous la grande cause toujours recommencée.

Bontems nous sourit — je le verrai d'ailleurs toujours sourire. Sans ironie — il n'en est pas capable — sans méchanceté, sans crispation. Ce sourire n'est pas attitude ou protection. Il sourit parce que, à l'évidence, il est content de voir ses avocats, et qu'il aime bien Philippe Lemaire. Nous avons très peu de temps, ces quelques heures seulement pour mettre au point avec lui les grandes lignes de la défense, pour lui dire comment nous voyons les débats, et le préparer à son rôle. Philippe Lemaire lui dit les choses essentielles. Il lui rend en quelques phrases un peu d'espérance et de dignité. Bontems hoche la tête. Il approuve en silence. Peut-être ne veut-il pas avoir l'air de douter de ce que Philippe lui dit. A deux ou trois reprises Philippe revient sur un point du dossier, sur des contradictions entre Buffet et lui. Bontems répond avec application, répète même ses réponses, pour être bien sûr que nous sommes d'accord. Il a l'air d'un élève sérieux, assez peu doué, incertain de lui-même et des autres. Je l'observe tandis qu'il parle ; il a la tête enfoncée dans de larges épaules, ce qui lui donne une allure brutale. La voix est mal timbrée, mal posée. Aux moments d'énervement elle tourne au fausset et va mal avec ce corps puissant. Il cligne constamment des yeux. Il est très myope. Il nous dit qu'il ne voit rien sans ses lunettes. Il nous demande d'ailleurs s'il pourra les avoir à la cour d'assises car il est perdu sans elles. Philippe le rassure. L'avenir devait le démentir. Et ce détail se révélerait lourd de conséquences pour Bontems.

Il se tourne vers moi, il ne m'a jamais vu. Je n'ai pas vécu avec lui cette instruction exceptionnellement rapide, menée avec un zèle qui contraste avec la démarche si lente de notre justice pénale dans les grandes affaires criminelles. A peine neuf mois se sont écoulés depuis les faits. Et le juge a clos son dossier et la chambre d'accusation a rendu son arrêt de renvoi et la cour de cassation a rejeté les pourvois. Neuf mois. Cette hâte insolite me semblait d'un bien mauvais augure. J'y voyais le signe d'une volonté que les choses allassent vite à leur terme. Mais quel terme ? Cette précipitation m'apparaissait sinistre.

Cette pensée me revient tandis que Bontems m'interroge, ainsi qu'un oracle, simplement parce que mon propos a l'avantage d'être nouveau pour lui, et que comme les magistrats ou les jurés, je ne connais encore de cette affaire que le dossier d'instruction. Je le sens et réponds aussitôt nettement, presque sèchement : « Vous en sortirez, Bontems. » Nous nous dévisageons, gravement, le silence s'établit. « Sûr, maître ? — Absolument. » Et comme il faut enraciner cette conviction en lui, je l'entreprends, je l'agresse presque, à coups de petites phrases, d'arguments serrés. Je lui expose notre système de défense, comment nous prouverons qu'il n'a pas tué, ni même porté de coups de couteau à l'infirmière. Je conclus : « Vous n'avez pas de sang sur les mains, Bontems. On ne peut pas vous condamner à mort. » Il hoche la tête, soupire. Il me dit simplement : « Vous savez, maître, c'est l'affaire de Clairvaux, alors avec tout ce que l'on a raconté et puis l'Administration pénitentiaire derrière... » Je proteste, « on ne tue pas celui qui n'a pas tué ». Il m'écoute, mais je le sens à présent hors d'atteinte, son sourire flotte sur son visage comme s'il l'avait oublié là. Je n'ai pas réussi à le convaincre. Je viens de perdre contre Bontems ce premier procès.

Ce n'est pas qu'il nous refuse sa confiance. Cette confiance en nous, elle est totale, évidente, comme un objet posé là sur la table que l'on pourrait prendre, soupeser, reposer. C'est un bloc de confiance dont il nous leste. Il s'en remet à nous absolument : témoins à citer, arguments à développer, répartition des plaidoiries, tout cet ordre de bataille l'intéresse, mais c'est à nous de l'assumer, d'en décider totalement. Je le devine attentif, dévoué, tout prêt à nous aider, comme si ce procès où se joue son sort, était à ses yeux devenu notre affaire.

Le temps de la visite s'acheva. La porte du parloir se rouvrit. Nous nous dîmes au revoir, devant le gardien-chef qui se tenait un peu à l'écart, sans doute par délicatesse autant que pour respecter le secret professionnel. J'éprouvais, comme toujours, un instant de gêne, à voir repartir le prisonnier vers le fond du couloir, vers les grilles, vers sa cellule, encadré de gardiens, tandis que derrière nous, la porte ouverte dessinait un rectangle de soleil. Le parloir, pour l'avocat, c'est la prison, le monde de la détention un instant entrevu. Pour le prisonnier, le parloir, c'est au contraire la prison un instant écartée, repoussée, le passage, la communication rétablie avec le monde du dehors. Puis le moment fini, chacun repart de son côté, le rideau entrouvert retombe et le détenu retourne à son univers clos. En traversant à nouveau la cour, je me surpris à compter mes pas, comme si je mesurais la distance qui séparait, physiquement, Bontems de la liberté. Quelle absurdité ! Je cessai de compter, le soleil pesait toujours, des gendarmes au repos jouaient aux cartes dans une baraque ouverte. Nous nous taisions. Le gardien-chef nous accompagna jusqu'à la grande porte. Dehors, la rue était tranquille. Toute la ville, calme, dans la lumière éclatante, paraissait attendre. Nous gagnâmes le palais de justice.

Depuis vingt ans, depuis que je suis avocat, les lieux où l'on rend la justice exercent sur moi une fascination. En province, à l'étranger, comme d'autres vont visiter les musées, la cathédrale ou les antiquaires, je ne manque pas de me rendre au Palais. Je me mêle au public dans le fond des salles d'audience où l'on juge les plus banales affaires, les petits délits. J'écoute, je hume, je tente de saisir la signification de cette justice-là. Voir la justice à l'œuvre est pour moi, quand je n'y suis pas acteur, un spectacle privilégié. L'on apprend plus sur un pays, sur une civilisation, sur ses hommes en voyant se dérouler l'éternelle tragi-comédie judiciaire qu'en tout autre lieu, serait-ce sur la place un jour de marché. Je demeure là, attentif, diverti et vaguement angoissé, un peu sans doute comme le badaud du Moyen Age regardant un mystère. Je sens que se joue là derrière le rituel, les formes, les propos des antagonistes, une réalité plus profonde, que ce qui nous est représenté est une espèce d'incarnation ratée, toujours ratée, d'une exigence essentielle, d'une espérance indestructible : la Justice. Même les prétoires déserts, les galeries vides sont pour moi comme des églises abandonnées, des châteaux inhabités où les pas résonnent et où l'on baisse instinctivement la voix. Il s'est passé là des drames dont l'Histoire n'a pas retenu la trace, mais dont quelque chose demeure encore, invisible et pesant, en ces murs.

A Troyes, pourtant, à ma surprise, je n'éprouvais rien de tel en pénétrant dans le Palais. Il était neuf, avec des dalles intactes, des peintures fraîches. Je visitais une clinique vide, une sorte de maison de la Culture sans grâce aucune. La salle d'assises elle-même, avec ses bois clairs vernis de frais, ses bancs garnis de faux cuir encore brillant, ses grandes fenêtres, était comme aseptisée. Il semblait que rien, jamais, ne s'y était passé. On voyait bien que c'était une enceinte de justice, la disposition des lieux suffisait à l'établir. Mais l'atmosphère était celle d'un théâtre neuf et désert. L'impression était renforcée par la présence d'ouvriers, qui s'activaient à établir dans les lieux un système complexe de micros et de haut-parleurs, comme s'il s'agissait d'un festival ou d'un congrès politique plutôt que d'un procès criminel. Ce déploiement inusité de sonorisation nous laissa étonnés. Une secrétaire nous confia que c'était pour permettre à ceux qui ne pourraient pénétrer dans la salle de suivre de l'extérieur les débats. Des relais d'écoute et de transmission avaient été en outre aménagés pour les journalistes, qui s'étaient annoncés en grand nombre. Chaque pays, pensais-je, a les jeux qu'il mérite. Nous gagnâmes le cabinet de monsieur l'avocat général.

Qu'est-ce que l'accusation pour un avocat ou plutôt qu'est-ce que l'accusateur ? Apparemment son adversaire, celui qu'il affronte dans ce combat singulier dont l'enjeu est le sort d'un autre, celui qui ne participe pas au duel mais qui en assumera seul l'issue. Le public, nourri de récits et de films, attend cet affrontement, ce match entre l'accusation et la défense, et se prépare à compter les points. Tout est mis en œuvre, dans le rituel judiciaire, pour que l'opposition soit dramatisée, robe rouge contre robe noire, questions contre répliques, réquisitoire contre plaidoirie. Et cependant l'antithèse accusation-défense est une commodité, un trompe-l'œil, pire, un piège tendu à l'avocat. La réalité est plus subtile, et le combat que doit mener la défense ne se résume pas à terrasser, tel saint Georges, le dragon accusateur. Il y a bien dualité de vue entre l'accusation et la défense. Mais cette dualité ne commande pas un antagonisme irréductible.

Les faits doivent être connus aussi précisément que possible par ceux qui doivent juger. Or la réalité est souvent complexe, ambiguë, contradictoire. La dualité, plutôt que l'opposition des vues de la défense et de l'accusation, permet de mieux cerner cette réalité. Libre ensuite à chacune des parties d'interpréter ces données, et d'en tirer des conclusions opposées. Aux juges de choisir. Mais la recherche des faits doit réunir au départ accusation et défense. Elle leur interdit l'affrontement pour l'affrontement. La justice ne saurait être une mêlée, ou un duel.

Un avocat gagne rarement à biaiser avec la vérité. La défense n'est pas une partie de bonneteau. Mais au-delà de l'avocat se joue le sort de l'accusé, et dans notre système judiciaire, ses chances sont minces. Le procureur bénéficie au contraire d'une situation privilégiée, qu'il s'agisse de la police judiciaire qui est à ses ordres ou du prestige dont sa qualité de magistrat le pare aux yeux des jurés. A l'audience, l'avocat général siège à côté des jurés, à la même hauteur que la cour et domine la défense qui est pauvrement logée de l'autre côté, en contrebas. Cette différence de niveau entre l'accusation et la défense est bien le signe de la condition suppliante de celle-ci, dans notre justice. L'avocat plaide toujours, de bas en haut, levant les yeux et le visage vers les jurés comme les personnages du Greco vers la Vierge ou les saints, alors que l'avocat général s'adresse de plain-pied à ceux qui jugent, comme un pair à ses égaux. Une telle disposition, une telle mise en scène séculairement conservée n'est pas l'effet du hasard, ou d'une erreur de menuiserie, comme on le répète volontiers au barreau. Elle exprime matériellement, aux yeux des jurés, que l'avocat général est des leurs, du côté des honnêtes gens, alors que l'avocat, lui, est placé dans une situation intermédiaire entre l'accusé et eux-mêmes.

Cette condition favorisée de l'accusation implique à son encontre des exigences plus grandes qu'à l'égard de l'avocat. A la limite, on pourrait même dénier au procureur le droit à l'habileté, au talent. Il ne lui appartient pas de séduire. Il ne doit être préoccupé que de rassembler les preuves, de réunir des charges contre l'accusé, et de critiquer loyalement ses moyens de défense. Certains avocats généraux au dernier moment de leur réquisitoire, après avoir exposé, comme il est de leur devoir, les charges et les preuves réunies contre l'accusé, abandonnent leur rôle, et simplement proposent la peine, ou parfois l'acquittement, qu'en leur conscience, ils considèrent comme juste. Leur voix est celle d'un homme qui a médité, à partir d'un dossier, sur le sort d'un autre homme. Cette voix-là retient souvent l'attention. Elle force l'estime. Ce ne sont pas toujours ces accents, ni cette inspiration que l'on entend, hélas ! à l'audience.

Dans cet état d'esprit j'entrai dans le cabinet de l'avocat général. Le procureur de la République s'y trouvait déjà. Après quelques civilités d'usage, la conversation tomba. J'examinai les lieux. Le bureau était neuf, comme le tapis, comme le Palais tout entier. Seul monsieur le procureur, à voir ses traits fatigués, paraissait avoir beaucoup servi. C'était lui qui s'était rendu à Clairvaux en apprenant la prise d'otages. Il y était resté jusqu'à l'assaut. C'était à lui que Buffet avait offert d'échanger les otages, s'il se livrait en leur lieu et place. Je pensais en moi-même qu'il était singulier d'être ainsi à la fois accusateur et témoin, même indirect. Comme s'il mesurait l'étrangeté de sa position, le procureur de la République nous fit savoir qu'il n'assumerait ses fonctions à l'audience que si nous n'y voyions pas inconvénients. Ce n'était pas à nous, mais à lui de les découvrir. Nous répondîmes que pour notre part nous n'en voyions pas. J'en profitai pour exposer ma conception du rôle respectif de l'accusation et de la défense. Je leur dis aussi ma détestation du tennis judiciaire, coup droit de l'accusation, revers de la défense, volée de l'accusation, smash de la défense, bravo le point est gagné, le public applaudit. Les représentants du ministère public ne parurent pas partager ma conception du débat judiciaire ni mes passions sportives, car mes paroles ne recueillirent qu'un intérêt poli. La conversation se poursuivit sur les questions habituelles : la durée des débats, le nombre des témoins, l'heure de leur audition. Mais une certaine tension se cachait derrière ces propos d'une grande banalité. Je percevais que cet accueil aimable dissimulait une volonté de répression. La défense ne devait rien espérer de cette accusation-là. Il ne servait à rien de prolonger l'entretien. Il me paraissait maintenant presque ridicule, comme la visite d'un ambassadeur à un ministre étranger alors que l'état de guerre existe déjà entre leurs deux pays. Le procureur nous remit encore, avec le même luxe de courtoisie, des cartes d'invitation pour entrer dans la salle d'audience. « Il y aura beaucoup de monde », dit-il en souriant. Nous le remerciâmes et prîmes congé. Philippe Lemaire me déposa à la gare. Il restait à Troyes. Il voulait revoir Bontems le lendemain. J'étais seul dans mon compartiment. J'ouvris à nouveau le dossier.

« Tu n'y comprends rien, mon petit, tu seras toujours un intellectuel. » Mon maître parlait dans le train de nuit qui nous ramenait de Marseille. Il était allongé sur le divan du single, le cigare rougeoyait dans la pénombre, il faisait trop chaud. Il aurait fallu ouvrir la fenêtre. La voix profonde grondait dans l'ombre, affectueusement. « Tu penses toujours à la justice, tu répètes « C'est juste, « ce n'est pas juste » comme un petit rabbin accroché à ses livres. » Juif, il aimait à se moquer des juifs, surtout en ma présence, parce que j'avais sur ce sujet l'épiderme à vif.

« La justice, mon petit, ce n'est pas ton affaire. Tu n'as pas à rendre la justice toi, tu ne décides rien, tu ne condamnes personne, tu ne peux même pas acquitter quelqu'un. Ton problème à toi, ce n'est pas de savoir ce qui est juste ou non, ton seul problème, ta raison d'être, à toi, avocat, c'est de défendre. Tu comprends, mon petit, c'est simple. Ne te dis pas : « Ce que je fais, c'est « pour la justice que je le fais. » C'est parfois vrai, parfois faux, mais de toute façon, ça n'a pas d'importance. Ce qui compte, c'est que tu fasses tout pour défendre ton bonhomme. Je ne te dis pas qu'il faut lui apporter une scie à métau, un revolver, ou acheter le juge. Quoiqu'à la limite, on puisse se poser la question. S'y refuse-t-on parce que ce n'est pas à nous de le faire, ou bien parce qu'on est trop lâche pour le faire ? Enfin, je ne le fais pas, tu ne le fais pas, ça ne se fait pas chez nous, il y a des spécialistes pour ça. » Je le sentais sourire dans l'ombre. Je pensais : « Le voilà reparti, il va me dire son couplet préféré, l'ode à l'avocat véreux : « Oh ! toi sans qui la justice ne « serait pas ce qu'elle est... » Mais non, j'échappai au paradoxe. Sa voix était devenue autre, il ne s'adressait plus qu'à lui-même. Ma présence n'était qu'un prétexte à son propos.

« La défense, mon petit, c'est une totalité, je veux dire que tu dois t'engager totalement. La défense ça ne s'exerce pas du bout des lèvres, comme une bourgeoise parle à un pauvre, en l'appelant « mon ami », parce qu'on est le jour de Pâques à la porte de la cathédrale et qu'il y a des voisins qui vous regardent. La défense, c'est ne jamais céder un pouce de terrain à l'adversaire, ne jamais rien tenir pour acquis à l'accusation, c'est refuser même d'admettre l'évidence. Parce que d'évidence pour un avocat, il ne peut y en avoir qu'une. C'est que personne jamais n'est coupable, de rien, même pas du crime qui vient d'être commis, avec le cadavre encore chaud, et le revolver dans la main du meurtrier. Même s'il avoue, ton bonhomme, même s'il veut qu'on le condamne, pour toi, avocat, il n'est pas coupable. C'est un homme qui en a tué un autre. Voilà tout. C'est un fait acquis. Et puis après ? Bien des hommes en ont tué d'autres. Et on ne les juge pas coupables. On les appelle des héros, ou des fous, ou on dit qu'ils sont en état de légitime défense. Moi, par exemple, j'en ai tué quelques-uns à la guerre. » (Mon maître avait été sergent-chef à Verdun, il en était revenu criblé de balles de mitrailleuse, couvert de décorations et haïssant la chose militaire pardessus tout.) « Eh bien ! on m'a toujours expliqué que je n'étais pas coupable. Poincaré, ce salaud, quand j'allais le voir pour lui demander la grâce d'un poilu qui avait tiré sur un gendarme en le traitant d'embusqué, et qu'on allait fusiller, me disait : « Vous « êtes un héros, sergent, et lui c'est un traître. » Toute la différence c'est que moi j'avais tué ceux que j'avais visés, et que lui avait raté son gendarme. La seule chose qu'il regrettait d'ailleurs. » Quelques anecdotes suivaient. La haine de Poincaré rendait mon maître intarissable, à croire que toute son horreur de la guerre s'était cristallisée sur la personne de Poincaré. Un jour d'ailleurs, je lui avais dit : « Je sais maintenant pourquoi vous détestez tant Poincaré. » Il m'avait regardé soupçonneux. « Parce que c'était aussi un avocat. » Et d'un mot il me cloua : « Imbécile — ce n'était pas un avocat. Il écrivait ses plaidoiries... » Et puis, au milieu d'une anecdote, il revint à son propos. Et la voix à nouveau s'assourdit : « Si pour toi, il n'y a pas de coupables, si pour toi ce ne sont que des imbéciles, ou des pauvres types, ou même des salauds, mais pas des coupables, jamais des coupables, alors tu es un avocat. Ils auront volé peut-être, ou même tué, mais pour toi l'essentiel n'est pas là. Tu défends un homme qui a tué ou volé parce que c'est un homme d'abord, ou encore. Défendre un homme que les autres veulent transformer en coupable, c'est prodigieux. C'est comme s'il ne pouvait plus marcher, que tu le prenais sur ton dos, que tu le portais loin des autres, qui sont là, après lui, comme une battue, pour le prendre et pour l'abattre. As-tu jamais ramassé un lièvre blessé dans un champ, mon petit ? Il sautille sur trois pattes. Tu t'approches, tu te baisses, c'est une boule tremblante. Alors, prends-le, emmène-le loin des chasseurs que tu vois là-bas, les fusils à la main, avec des chiens. Et va-t'en avec lui dans les bras, vers l'horizon. Seulement voilà, un lièvre blessé, ça meurt avant que tu aies eu le temps d'aller bien loin. Tu n'as plus qu'un lièvre mort, plein de plomb dans les bras. Tu es là tout seul, à regarder les chasseurs, avec ton lièvre mort. C'est ça aussi la défense... » Le silence était revenu, le train roulait vite dans la nuit. J'avais vingt-six ans.

Un procès, c'est d'abord une stratégie. Je sondais, je pesais nos moyens. Il fallait définir une ligne générale de défense — et d'attaque. Et pour y parvenir, il fallait dégager les évidences qui seules permettent de forger la conviction des jurés. Dans une telle affaire, Philippe Lemaire m'avait convaincu que le péril le plus grand qui menaçait Bontems était qu'on ne le distinguât point de Buffet. Cet amalgame serait fatal à Bontemps. La condamnation à mort de Buffet apparaissait certaine si le jury ne comptait pas au moins cinq membres absolument hostiles à la peine de mort. Le même sort attendait Bontems si nous n'arrivions pas à le dissocier de Buffet. Philippe Lemaire et moi en avions longuement discuté en nous rendant à Troyes. Le problème était clairement posé. Comment le résoudre ?

A la différence de Philippe Lemaire qui avait vécu l'affaire tout au long de l'instruction, je n'en connaissais avant d'ouvrir le dossier que ce que la presse en avait dit. J'étais donc dans la situation des jurés du procès, à l'ouverture des débats. Ils ne savent de l'affaire qu'ils vont juger que ce qu'ils en ont lu dans les journaux. Or, pour moi, avant d'étudier le dossier, Buffet et Bontems étaient tous deux les assassins de Clairvaux. Ils avaient pris comme otages l'infirmière et un gardien, et les avaient égorgés au cours de l'assaut. Qu'il s'agisse de la prise d'otages ou de leur exécution, Buffet et Bontems paraissaient avoir agi ensemble. C'était donc deux assassins que les jurés considéreraient avoir devant eux, deux tueurs d'otages.

Or, ils ne l'étaient pas tous deux. Cela ressortait du dossier, et constituait l'élément essentiel du débat. Sans doute, Buffet reconnaissait avoir égorgé seul le gardien, puis donné un coup de poignard à la gorge de l'infirmière. Mais il se refusait à se déclarer l'auteur du second coup donné, de l'autre côté de la gorge, qui avait été le coup mortel. Buffet n'accusait pas Bontems. Mais sa restriction aboutissait au même résultat. D'autre part le détenu infirmier, séquestré avec les otages, déclarait avoir vu Bontems entraîner au moment de l'assaut l'infirmière dans le fond de la pièce, et faire un geste qui lui paraissait dans la pénombre être bien un coup de couteau. Mais je ne croyais pas à la sincérité de Buffet. J'étais convaincu en effet que Buffet voulait entraîner avec lui

Bontems, dans la mort. Je considérais que son obsession était de s'assurer que Bontems subirait avec lui toutes les conséquences de leur entreprise, comme il eût bénéficié, en cas de succès, de l'évasion espérée. Quant au détenu infirmier, son comportement s'avérait étrangement suspect. J'avais eu l'impression, à la lecture du dossier qu'il s'agissait plutôt d'un complice que d'un témoin. Bontems pour sa part avait varié plusieurs fois dans ses dépositions. Dans le dernier état de l'instruction, en tout cas, Bontems était catégorique. Jamais il n'avait donné de coup de couteau à l'infirmière. Les deux coups portés à sa gorge avaient donc été nécessairement donnés par Buffet. Bontemps n'avait tué personne.

L'essentiel était là. Les jurés au départ considéreraient que Bontems était, au même titre que Buffet, un assassin. L'accusation ne manquerait pas de s'appuyer sur les déclarations de Buffet pour convaincre le jury que Bontems avait tué l'infirmière. Si nous pouvions établir, au cours des débats, que Bontems n'avait pas donné le coup de couteau, non seulement il n'apparaîtrait plus comme un tueur d'otages, mais son opposition même à Buffet le dissocierait de celui-ci. Dès ce moment, tous les espoirs seraient permis. Même la loi du talion ne pourrait jouer — qui n'a pas tué ne doit pas être tué. Allons, nous sauverions la tête de Bontems. Je descendis du train avec une foi affermie en nos chances.

La nuit était tombée. Paris me parut singulièrement moins étouffant que Troyes.

« Un procès, vois-tu, se gagne à coups d'évidences. C'est dans les livres qu'on répète que le doute doit profiter à l'accusé. Dans la réalité les choses vont autrement. Pour que le jury abandonne l'accusé, le doute ne suffit pas. L'accusé c'est l'ennemi objectif de ceux qui le jugent. Il est dans le box entre des gendarmes. Il n'y serait pas, ressent-on confusément, s'il n'avait rien fait. Après tout, juges, procureur, policiers ne l'ont pas amené là sans savoir ce qu'ils faisaient. Comme se plaisait à le dire le colonel Dreyfus, à l'étonnement de ses amis, des amis de l'ancien capitaine Dreyfus, il n'y a pas de fumée sans feu... Si donc cet homme est accusé, il faut bien qu'il y ait de bonnes raisons pour cela. Reste à démontrer qu'il n'y en a pas. Mais ne t'y trompe pas, le système, le décor jouent contre toi. Dès la première phrase, on marque bien la différence : « Accusé, levez-vous... » Pourquoi appeler cet homme accusé ? C'est un adjectif, ce n'est pas un nom. C'est une condition, pas une personne. Il y a d'ailleurs des présidents d'assises qui le sentent bien. Et qui interpellent l'accusé par son nom. Mais jamais on ne l'appelle « Monsieur ». (Mon maître avait tort, le président appellerait une fois Buffet, « monsieur Buffet ».) Puisque l'accusé est en théorie un homme comme les autres, pourquoi ne pas lui dire « Monsieur ». Mais il ne serait plus alors celui qu'on soupçonne d'avoir commis le crime, et qui n'a pas été capable de se justifier devant les premiers juges, puisqu'il n'a pas eu de non-lieu. Instinctivement, chacun ressent devant le rituel judiciaire qu'on ne réunirait pas ainsi tant de monde, avec ce cérémonial, pour rien. Et ce rien, c'est justement l'innocence de l'accusé. Tu pars perdant, reste alors à remonter le handicap. Tu n'y arriveras pas avec des raisonnements subtils, ou en glosant sur les détails du dossier. C'est en arrachant le rideau noir qui bouche la fenêtre que tu montres que le jour est le jour et non pas la nuit. Sois concret, mon petit, fais-leur vivre ce qui s'est passé, comme ton client te l'a dit, et non comme l'accusation le raconte. Mais sois lucide. Pour qu'ils te croient, il faut qu'ils te croient complètement. A moitié cru, totalement perdu. C'est la règle du jeu. »

Comment les amener à croire totalement que Bontems n'a pas tué l'infirmière ? Je repousse le dossier étalé sur la table et sors dans la campagne. Je marche le long d'une haie. La Beauce dort dans la chaleur du jour. Les blés sont encore verts. La terre ici est puissante et sans grâce aucune. J'aime ce paysage. Il facilite la réflexion.

Après-demain le procès commencera. Je dois retrouver Philippe Lemaire là-bas. Nous avons arrêté à Paris les derniers détails, l'ordre des témoins, la répartition des tâches. Je dois établir que Bontems n'a pas donné le coup de couteau. A lui de faire comprendre au jury comment Clairvaux a désespéré Bontems au point de l'amener à la prise d'otages. A moi les faits. A lui l'homme. Ma tâche est la plus facile, ou plutôt la moins difficile.

Je m'arrête. Des coquelicots piquent les blés de rouge. Mes enfants les cueillent en se bousculant, ils veulent tous les mêmes fleurs. Le silence est rendu plus écrasant par une voiture qui roule au loin, très vite. Je ne devrais penser qu'à mon dossier. Mais je pense à Bontems, dans sa cellule. Je me demande si le silence y est aussi intense qu'ici. J'en doute. Il doit y avoir les bruits de la ville, les voix des gendarmes et des gardiens dans la cour. Pourtant je revois ce quartier désert, ces cellules vides autour de lui. Il doit se sentir enfoui comme un rat dans un caveau. Son angoisse me vient au cœur. Le ciel est éclatant à cette heure du jour. Je regarde passer des corbeaux. A droite, à gauche, de quel côté leur vol est-il donc favorable ? Je reprends ma marche. Mon maître avait raison. Il faut dégager les évidences, et puis sans cesse y revenir, jusqu'à ce qu'il n'y ait plus le moindre doute possible. Je presse le pas. Je dois me remettre au travail.

Un avocat, c'est d'abord, c'est toujours un artisan scrupuleux.

Sur ma tablc est posé l'Opinel. Je l'ai acheté dans une petite coutellerie. A Clairvaux, ce petit couteau était en vente libre à la cantine. C'était cela, l' « arme » de Bontems. Buffet, lui, avait un poignard, long de vingt centimètres, large de huit, fabriqué par un détenu de Clairvaux pour vingt paquets de cigarettes. — Ils avaient aussi une matraque, également faite sur place. Une véritable armurerie, Clairvaux. Tous les détenus avaient leurs couteaux. Tous les gardiens le savaient. Le directeur aussi. Tous avaient peur les uns des autres.

Je regarde l'Opinel. Je le prends en main. La lame est étroite, effilée, assez courte, dix centimètres environ. Un des coups portés avait traversé la gorge à une profondeur de quinze centimètres. L'Opinel était exclu. Restait l'autre plaie. Elle était décrite très précisément : béante, large, mais moins profonde. C'était le coup que Buffet refusait. C'était celui que Bontems était accusé d'avoir donné. Et qui avait entraîné la mort de Mme C.

Evidemment, le juge d'instruction avait commis des experts. Ils avaient examiné les couteaux, le cadavre, les plaies. Ils s'étaient même livrés à des expériences avec les couteaux sur d'autres cadavres. Et ils avaient conclu que les deux blessures avaient été faites par la même arme. Et cette arme était le poignard de Buffet.

Mais les anges accusateurs veillaient. Le rapport d'expertise qui dégageait Bontems et faisait de Buffet un menteur avait été annulé par la chambre d'accusation. Pour des motifs de droit. Parce que les experts au lieu de s'en tenir à des constatations de fait avaient émis une opinion sur l'intention homicide de l'auteur du coup mortel. Ce que les experts n'ont pas le droit de faire.

Le rapport annulé avait donc été, comme la loi le prescrit, retiré du dossier. Il était interdit à toute personne d'en faire état. Mais les constatations de l'expertise, elles, demeuraient. Elles avaient bien été faites. Copie du rapport avait d'ailleurs été donnée, avant son annulation, à Philippe Lemaire. Il l'avait fait lire à Bontems. J'avais cette copie devant les yeux. C'était mon arme essentielle. Et la loi m'interdisait de m'en servir.

Il y avait pire encore. Le juge d'instruction, après l'annulation de ce rapport, avait commis à nouveau les mêmes experts. Il fallait bien qu'il y eût un rapport d'expertise au dossier. Simplement, comme si le juge se souvenait des conclusions du rapport annulé, la question posée aux experts était rédigée en termes différents. Il leur appartenait de dire s'il fallait exclure, en toute hypothèse, la possibilité que la blessure la plus large ait été portée par l'Opinel. A la stupéfaction de la défense, les experts, au terme d'une savante dissertation, avaient conclu que cette hypothèse ne pouvait être absolument rejetée. On était passé ainsi d'un rapport qui innocentait Bontems, et dont je ne pouvais me servir, à un rapport qui l'accablait et qui figurait bien au dossier.

Cette situation était insupportable. Je cherchais le moyen d'en sortir. Il me semblait probable que les experts à l'audience commenceraient par développer oralement les conclusions de leur second rapport. Mais je pensais aussi que les experts ne pourraient que confirmer l'existence et le bien-fondé de leurs premières constatations — puisqu'elles étaient leur œuvre. Ainsi, me disais-je, nous partirons du rapport n° 2, dans lequel les experts n'excluent pas absolument la possibilité que la blessure ait été faite par l'Opinel, pour en revenir aux données du rapport n° 1. Je mesurais, bien entendu, que cette probabilité, même très forte, serait insuffisante pour que les jurés ne doutent plus. Les conclusions du rapport annulé avaient une autre force. Mais la loi me bâillonnait. Pouvais-je le supporter ? Devais-je, parce qu'un texte me l'interdisait sous la menace de peines disciplinaires, ne pas dire aux jurés et aux magistrats qu'il existait un rapport dont les constatations étaient précises et les conclusions formelles, et qui mettait hors de cause Bontems sur ce point capital. Je ne pouvais me dérober à courir un risque professionnel, quand il y allait de la tête d'un homme. Mais je pensais, par commodité, que je n'aurais pas à le faire. Les experts, me disais-je, compte tenu des conclusions de leur premier rapport exprimeraient sans doute avec la plus grande réserve l'hypothèse que l'Opinel ait pu servir à frapper l'infirmière. Cette possibilité apparaîtrait comme purement théorique, comme l'expression d'un simple scrupule scientifique. Les experts reconnaîtraient ensuite aisément que l'autre hypothèse, celle du poignard de Buffet, était la seule vraisemblable. Dès ce moment, la brèche serait ouverte, et je pourrais, en poursuivant mon avantage, emporter complètement la conviction du jury.

Je regardai à nouveau l'Opinel. Je l'avais piqué sur le gros bois de la table. Il était frêle, presque fragile. Je n'allais tout de même pas le planter dans le bureau du président, pour montrer aux jurés que ce n'était pas ce couteau de poche, presque un canif, qui pouvait avoir causé cette blessure affreuse. Il n'avait même pas de cran d'arrêt, pensai-je, et devait plier au moindre choc. Cette remarque m'arrêta. Je repris le couteau en main, le fermai : la lame se logeait dans le manche. Je le rouvris et le posai sur la table. Je cherchai à nouveau dans le dossier le rapport d'analyse, le relus. C'était bien cela. Une vertèbre cervicale avait été entaillée sous la violence du coup. Je me levai et téléphonai à une amie dont le père est un chirurgien réputé. Je la priai d'acheter aussitôt un Opinel et de le lui montrer. Je lui dictai les termes des constatations médicales. Afin qu'elle demande à son père si, à son avis, un tel couteau pouvait avoir fait une telle blessure. Elle me promit de le faire aussitôt.

Je me méfie des duels d'experts. Ils tournent presque toujours à la confusion. Et la confusion est fatale à la défense. Je pouvais faire venir à l'audience un chirurgien pour contredire l'avis des experts. Mais je savais que ceux-ci réagiraient, comme à l'accoutumée, en maintenant fermement leurs conclusions, peut-être même en les aggravant. Au mieux, les experts resteraient sur leurs positions, et le fait que mon témoin soit d'un avis opposé accroîtrait le sentiment chez les jurés que tout était possible et que l'Opinel de Bontems comme le poignard de Buffet pouvait avoir causé la blessure. Or il me fallait des évidences, non des contradictions. J'espérais faire dire aux experts qu'à leur avis, le poignard de Buffet était sans doute l'arme mortelle. La venue d'un contre-expert, cité par la défense, qui affirmerait que la blessure décrite à l'autopsie ne pouvait avoir été faite par l'Opinel, n'amènerait pas les experts au point où je voulais les conduire. Je devais m'assurer de leur bonne volonté, sinon de leur sympathie. Leur opposer à l'audience une autorité contraire ne me paraissait point la meilleure façon d'y parvenir. L'opinion d'un professionnel étranger au dossier pouvait m'éclairer. Transformer le consultant en témoin et son avis en contre-expertise m'apparaissait inutile et même dangereux. Je repris le dossier et préparai à nouveau mes questions, comme on affûte ses armes.

« Le courage, pour un avocat, c'est l'essentiel, ce sans quoi le reste ne compte pas : talent, culture, connaissance du droit, tout est utile à l'avocat. Mais sans le courage, au moment décisif, il n'y a plus que des mots, des phrases, qui se suivent, qui brillent et qui meurent. Défendre, ce n'est pas tirer un feu d'artifice : la belle bleue, la belle rouge, et le bouquet qui monte, qui explose et retombe en mille fleurs. Puis le silence et la nuit reviennent et il ne reste rien. »

Mon maître aimait le courage chez les hommes, par-dessus tout autre vertu. C'est pourquoi il était si proche de certains hommes du milieu. Parce que, comme eux, il mettait le courage au-dessus de tout.

Je détestais cette idéologie. Je trouvais primaire cette vénération du courage, et lui disais parfois qu'il aurait dû être, non pas avocat, mais aumônier parachutiste. Il en riait, détestant les militaires et les prêtres de toutes confessions. Alors, je lui disais que cet éloge du courage était pure rhétorique, qu'il couvrait ainsi d'une grandeur épique une profession ou une technique qui n'appelait pas d'autres vertus que la passion du travail et une certaine rigueur. Il riait plus encore et me renvoyait à mes chères études. Ainsi coulaient des moments heureux. Mais la question demeurait. Qu'est-ce donc que le courage pour un avocat ?

L'avocat, à l'audience, est seul — formidablement seul. L'accusation s'intègre tout naturellement dans la société, les valeurs qu'elle représente sont reconnues. Le procureur ne pèse pas seulement le poids de son expérience, ou de son autorité personnelle. Il exprime aisément ce que les juges ressentent : le crime est abominable, la victime pitoyable, le châtiment légitime. Et il est vrai que le jury est proche de la victime, non seulement par l'effet de sa sensibilité, mais parce que chaque juré ressent que la victime aurait pu être lui, sa femme, son enfant, son ami. C'est seulement si la victime est odieuse ou étrangère à l'ordre établi que cette identification inconsciente ne joue pas. Ainsi le meurtre du voyou ou de la prostituée n'entraîne jamais les mêmes peines que celui du commerçant ou de la rentière. Les circonstances peuvent être aussi affreuses, le crime lui-même aussi abominable, le jury ne se sent pas directement menacé, et la mesure de son indifférence s'exprime dans la mesure de la sanction.

Le criminel au contraire est profondément, irréductiblement étranger au jury. Parfois cependant il cesse de l'être, le jury lui témoigne alors la mansuétude que l'on doit au frère égaré, puis repenti. Ainsi, le criminel par passion, dans les temps et les lieux où l'on croit à l'amour fou, ou à l'honneur des maris, ou à la vertu des filles, est acquitté bien que coupable. Que signifie cette décision sinon que les jurés ont fait leur la cause du criminel, qu'ils se sont reconnus en lui ?

Hors ces cas exceptionnels, le criminel demeure pour le jury menace ou objet d'horreur. Or l'accusé est un criminel ou fortement soupçonné de l'être. A ce titre, il est hors de la société des autres hommes. Ceux qui le jugent instinctivement éprouvent qu'il est d'une autre race qu'eux. Il y a ainsi sous-jacente, dans une audience d'assises, une sorte de racisme judiciaire, inconscient, inavouable, omniprésent qui fait qu'il y a d'un côté les honnêtes gens, et d'abord ceux qui jugent, et de l'autre côté le sacrilège, celui qui a violé les interdits.

C'est ce bloc secret, mais pesant, jusqu'à l'angoisse, que l'avocat affronte et contre lequel il a souvent l'impression d'user en vain ses forces. L'avocat est placé, par sa fonction même, hors de cette communauté. Elle le regarde, l'écoute, mais parce qu'il lutte pour cet autre, dans son box, il est, d'une certaine façon, devenu lui aussi étranger, pour le temps de l'audience. En face de ces juges, de ces jurés, de cet accusateur qui leur est si proche, la solitude de l'avocat est totale. Or cette solitude il lui faut l'assumer sous peine de trahir la défense.

Car s'il cède même un instant à cette pesanteur hostile, s'il accepte, même un instant, de considérer les choses et l'accusé, comme tous ceux qui lui font face les voient, c'est-à-dire comme des crimes et comme un criminel, alors cède la défense. Et ce n'est plus l'avocat qui est seul, mais l'accusé. Tant que celui-ci sent en effet que son avocat refuse d'être de l'autre bord, il n'est pas perdu ni abandonné, il n'est pas à la merci des autres, il est encore homme parmi les hommes, parce que son avocat a choisi de se battre pour lui. Ce refus permanent de l'avocat de rejoindre ceux qui sont naturellement les siens, ceux qui ne sont pas des criminels, mais qui les jugent, est sa plus difficile exigence. Et qui ne s'obtient pas sans courage, car la tentation est permanente de la complaisance, même tacite, envers ceux qui jugent.

Mon maître est à nouveau debout. Il ne tonne plus, il ne gronde plus, il vocifère, hors de lui, à l'adresse de l'avocat général qui vient de requérir une peine démesurée. « Vous n'êtes personne, monsieur l'avocat général, on n'est personne quand on représente la société, c'est-à-dire tout le monde. Vous avez des supérieurs hiérarchiques qui vous donnent des instructions, des subordonnés auxquels vous en donnez. Vous êtes une institution, une entité, et une institution ne dit pas « JE ». Vous n'avez pas le droit de dire « JE », monsieur l'avocat général, cachez-vous dans votre pluriel. Moi seul, ici, ai le droit de dire

« JE ». Parce que je suis seul, ici, contre vous, contre tous, parce que je suis seul et que je suis avocat. J'existe moi, je suis un homme, j'existe comme homme, pas comme institution. » La salle est stupéfaite. C'est beau, un vieil homme qui se bat seul, qui ne veut pas être du côté des autres, de tous les autres.

Le professeur X... vient de m'appeler. Il aurait fallu se servir de l'Opinel comme d'un rasoir ouvert, puis le pousser dans la plaie, à fond, à plusieurs reprises pour causer cette blessure. Techniquement, c'est presque impossible. « Presque, docteur ? — Oui, enfin, pas absolument impossible à concevoir ou à réaliser expérimentalement, mais vraiment dans le cas d'un égorgement précipité, c'est très improbable. » Je pose encore une question sur la fragilité de la lame, la vertèbre entamée. Le professeur est aussi précis dans son imprécision : oui, la lame de l'Opinel est fragile, l'entaille à la vertèbre indique la violence du coup, la lame aurait cédé, ou la pointe se serait tordue. Avais-je regardé le couteau moi-même ? L'Opinel de Bontems était en parfait état, les experts avaient souligné que la lame en était particulièrement effilée. A toutes fins, je vérifierais à l'audience l'état de la lame. Mais je connaissais d'avance la réponse : une lame tordue, une lame cassée n'aurait pas échappé à la vigilance du juge d'instruction ou des experts. Elle aurait signifié la culpabilité certaine de Bontems.

Nous en étions toujours au même point. Il était hautement improbable, presque impossible que l'Opinel ait pu faire une telle blessure. Mais une infime probabilité suffirait à l'accusation pour m'interdire d'atteindre l'évidence nécessaire pour convaincre le jury, contre les déclarations de Buffet et celles du détenu infirmier. Les deux seuls témoins, ou plutôt les seuls survivants du drame avec Bontems allaient sans doute l'accuser à l'audience, comme ils l'avaient fait à l'instruction. Le dossier, minutieusement étudié, analysé, mis en fiche, m'avait permis de relever dans leurs déclarations des contradictions, des incohérences, des mensonges. Mais même si j'arrivais à jeter le doute dans l'esprit des jurés sur la véracité de leurs dires, je n'aurais pas gagné la partie. Il me fallait démontrer indiscutablement, *matériellement*, qu'il était absolument impossible que l'Opinel de Bontems ait porté le coup fatal. J'avais bien les conclusions du premier rapport annulé, établissant que l'arme mortelle avait été le poignard de Buffet. Mais ce rapport était hors du débat et je préférais ne pas penser pour l'instant au moyen de l'y introduire comme un ultime recours. Il me manquait la *preuve* certaine, irréfutable, qui me permettrait d'écarter absolument l'hypothèse même improbable, mais retenue comme possible par les experts dans le second rapport.

Les propos du professeur me confortaient dans ma conviction et justifiaient mes arguments. Ils demeuraient insuffisants. Je remerciais le professeur et j'allais raccrocher lorsqu'il me posa à son tour une question : « A-t-on fait expertiser les vêtements de Buffet et Bontems ? » Je n'en avais pas le souvenir. Pourquoi ? « Parce que d'une plaie à la gorge, faite par un coup de cette violence, c'est fou ce que le sang peut jaillir. Si on avait examiné les vêtements de l'un et l'autre, peut-être aurait-on pu trouver des traces de sang et les analyser pour en connaître l'origine. » L'idée était intéressante. Je me promis de vérifier si l'on avait saisi les vêtements. Je remerciai à nouveau le professeur, m'assurai de son numéro de téléphone et retournai à mon dossier.

Cette conversation, assez décevante en somme, me préoccupait. Il était bien certain que s'il y avait eu des taches de sang sur les vêtements des inculpés on les aurait remarquées. Il ne devait donc pas y en avoir. Mais pourquoi ? Je repris les premières pages du dossier, aucune mention n'y figurait à propos des vêtements. Je me souvins que lorsque gendarmes et gardiens avaient forcé la porte du laboratoire où se trouvaient les otages et les détenus, ils avaient braqué sur Buffet et Bontems une puissante lance d'incendie, dont le jet les avait renversés. Le plancher de la salle ruisselait d'eau, selon les gendarmes. Les vêtements des deux hommes devaient donc être trempés, ce qui expliquait que l'on n'y ait point remarqué de sang. Mais je m'interrogeais : qu'avait-on fait de ces vêtements ? Je relus à nouveau les procès-verbaux dressés à l'hôpital où Buffet et Bontems avaient été conduits après leur lynchage par les gardiens auxquels les gendarmes les avaient arrachés. Et là, une petite phrase qui n'avait pas jusqu'alors spécialement retenu mon attention m'arrêta net. Un gendarme mentionnait avoir trouvé dans la poche du pantalon de Bontems un couteau Opinel. C'était bien l'apparition de l'Opinel dans le dossier, je m'en assurai à nouveau. Ce couteau avait été remis par le gendarme à ses supérieurs qui l'avaient transmis au magistrat instructeur. Et le jour se fit d'un coup. La preuve irrésistible, l'évidence était là, inscrite dans un paragraphe de ce procès-verbal apparemment sans intérêt. Le couteau avait été trouvé dans la poche de Bontems — *fermé* bien évidemment. Si dans les quelques secondes de l'assaut, Bontems avait frappé de son couteau l'infirmière, puis couru à la porte, comme le disait le détenu infirmier, il aurait conservé le couteau ouvert à la main, comme Buffet son poignard. Renversé, assommé par le jet d'eau, Bontems aurait lâché ce couteau, qu'on aurait retrouvé dans la pièce, comme le poignard de Buffet. Il était impossible, inconcevable que Bontems dans ces quelques secondes paroxystiques ait égorgé l'infirmière, pris le soin de refermer son couteau, de le remettre dans sa poche, puis de se ruer vers la porte, qu'il repoussait de toutes ses forces quand les gendarmes la forcèrent. Ce comportement ordonné, dans ces instants-là, était invraisemblable. Je tenais enfin l'évidence : le couteau avait été trouvé sur Bontems, parce que Bontems, pendant l'assaut, réveillé en sursaut s'était jeté sur la porte pour la maintenir, dans un réflexe de lutte ou de défense, contre la ruée des gendarmes. Les constatations techniques du premier rapport étaient confortées par cette présence du couteau, fermé, dans la poche du pantalon de Bontems. Je m'assurai encore que Bontems avait été ligoté, puis transporté sur une civière jusqu'à l'hôpital. Il n'avait donc pu toucher à ce couteau depuis l'assaut. Toutes les données se recoupaient. La démonstration était enfin irrésistible.

Je rappelai aussitôt le professeur. Je lui fis répéter à nouveau qu'une telle plaie, causée par un tel coup, ruisselait de sang. Il me le confirma : « Mais alors, docteur, l'Opinel lui-même en aurait été couvert ? — Absolument. — Et même si on avait essuyé la lame sur un tissu, il y aurait eu encore des traces décelables sur le manche ? — Probablement. Et en tout cas, ajouta le professeur, il y en aurait eu sur la rainure du couteau, là où se loge la lame. Impossible d'enlever le sang. » Je remerciai avec chaleur le professeur. Cette fois, c'était la preuve par neuf. Je repris le schéma de l'accusation : Bontems aurait égorgé l'infirmière avec le couteau, puis couru à la porte et maintenu celle-ci contre l'assaut. Mais le couteau ? Il l'aurait tenu à la main. Mais alors pourquoi le retrouvait-on fermé dans sa poche ? Invraisemblable. Il aurait pris le soin d'essuyer la lame du couteau avant de se ruer vers la porte ? Aberrant et surtout *faux*. Car même dans ce cas on aurait retrouvé sur le couteau, et en particulier dans la rainure, des traces du sang qui aurait giclé de la gorge de la victime. Or il n'y avait pas de sang sur le couteau. La preuve était faite. L'évidence acquise. Bontems n'avait pas frappé l'infirmière. Buffet mentait, pour perdre Bontems, pour être sûr qu'il n'échapperait pas plus que lui à l'échafaud, qu'ils iraient ensemble à la mort comme ensemble ils avaient décidé d'enlever les otages pour forcer les portes de la prison.

Tous les avocats le savent. Une fois le fil d'Ariane trouvé, le dossier le plus opaque cède et ce qui paraissait inexplicable s'éclaire soudain de la grande clarté d'un raisonnement logique. Je repris les déclarations du détenu infirmier. Leurs contradictions m'apparurent, mais elles étaient une preuve supplémentaire, non une explication. Pour mieux les analyser, je repris les dépositions de Buffet, puis de Bontems. Je ne trouvai rien de plus que leur opposition fondamentale. Je retournai aux premiers procès-verbaux, toujours les plus riches de renseignements parce que le système de l'accusation n'a pas pris corps, et que sont recueillies, presque en vrac, une masse de données et de dépositions, qui seront ensuite filtrées, pour y trouver des preuves ou des présomptions à charge de l'inculpé, plutôt qu'à son profit.

Dans les premiers témoignages, un gardien en faction sur le toit déclarait avoir observé, à travers une vitre, l'infirmier aidant Bontems à pousser des meubles contre la porte, pour constituer une barrière plus solide. Un autre avait vu l'infirmier faire signe à Buffet pour l'inviter à se dissimuler, car il avait remarqué que le gardien pouvait l'apercevoir de son observatoire. Ce comportement était étrange, d'autant que les autres détenus avaient été enfermés dans les cellules de l'infirmerie. Sans doute pouvait-il s'agir là de simples complaisances de la part d'un homme qui avait peur et qui voulait se faire bien voir de ceux qu'il redoutait. Mais je relevais d'autres éléments singuliers. Des bonbonnes d'alcool avaient été livrées à l'infirmerie, la veille de la prise d'otages. Elles avaient servi à fabriquer des cocktails Molotov, et rendaient crédible la menace de mettre le feu à l'infirmerie : « Nous sommes des kamikazes », disait Bontems au téléphone, aux autorités. La présence des bonbonnes ajoutait à son propos une terrible menace. Or qui les avait réceptionnées à l'infirmerie ? Le détenu infirmier. Qui avait accès à la clef de la réserve où se trouvaient ces bonbonnes ? Le détenu infirmier. Coïncidences peut-être, mais troublantes.

De tous ces éléments, je pensais pouvoir à l'audience tirer parti. Le doute cette fois-ci profiterait à Bontems, parce que son accusateur serait à son tour suspect. Les évidences accumulées : l'Opinel trouvé fermé dans la poche de Bontems, l'absence de toute trace de sang sur le manche et la lame, les premières conclusions des experts emporteraient irrésistiblement la conviction des juges. Allons, nous avions les moyens d'une forte défense. Nous prouverions que Bontems n'avait pas tué. Nous sauverions Bontems.

Tout était prêt à présent. J'avais minutieusement classé mes notes, placé sous des chemises différentes les pièces afférentes à chaque problème. Sur la longue table noire s'inscrivaient les dossiers de couleurs vives : déclarations Buffet, rapports d'expertises, enquêtes de police, procédure, etc. J'achevais ce travail purement matériel, avec la précision d'un écolier qui prépare son cartable la veille de la rentrée des classes. Cette besogne m'apaisait. A voir ainsi alignés mes arguments, je ressentais la satisfaction d'un général de la guerre de Sept Ans devant le bel ordonnancement de ses troupes. Soubise ou Frédéric ? Je me jouais un peu moi-même la comédie. En réalité, j'essayais d'échapper à la tension intérieure qui montait en moi, comme toujours à la veille des grandes audiences.

Car, lorsque tout est prêt, chaque détail du dossier connu, chaque argument poli, l'avocat sait que rien n'est acquis. Demeure encore l'inconnue majeure : lui-même. Comment se comportera-t-il à l'audience ? Sera-t-il dans un jour de grâce, où tout est aisé, assuré pour celui qui défend ? Ou bien mystérieusement, tant de soins et de peines investis dans la préparation du dossier, s'engloutiront-ils dans la grisaille d'une expression médiocre ? Sans doute, ceux dont l'éloquence se résume au talent qu'ils mettent à dire leurs notes, clairement tapées, joliment agrémentées de couleurs diverses, pour aider l'œil à défaut de l'esprit dans sa tâche, ceux-là ne connaissent pas cette angoisse. Il ne peut rien leur arriver, ni trou de mémoire, puisqu'ils plaident à dossier ouvert, en effeuillant leurs cotes avec la patience du jardinier, ni défaut d'inspiration, puisqu'ils l'ont mise au frigidaire de l'écriture. J'ai connu ainsi des avocats dont la diction parfaite, au service d'un discours longuement poli, soulevait l'enthousiasme des professionnels. Ils étaient parfois admirables, comme de grands acteurs en scène. Mais mystérieusement, leur puissance de conviction était nulle, leur éloquence châtrée. Leurs accents pouvaient avoir la pureté de la voix des castrats de la Sixtine, aucune émotion n'en pouvait naître chez l'auditeur. Or rien n'est gagné en justice comme en amour, si celui qui vous écoute ne sent pas grandir en lui, parfois à sa surprise, parfois même en s'en défendant, la passion même qui anime celui qui plaide. Il y a quelque chose de la possession physique dans l'éloquence. Dans ses moments de lyrisme, mon maître s'exclamer : « Plaider, c'est bander. Convaincre, c'est jouir. »

Mais il y a aussi les fiascos. Quelquefois, je vais à l'audience comme à un rendez-vous. J'en ai à l'avance rêvé chaque instant. Je me prépare à plaider comme à l'étreinte. Et voici que la cause qui chez moi me transportait, d'un coup, à la vivre m'apparaît sans intérêt ni grâce, et presque avilissante. Le plaisir espéré devient tâche à accomplir. Je m'ennuie au long de mes explications comme auprès d'une femme devenue laide. J'ai beau fouailler la bête. Rien n'y fait. A m'entendre solennel et abstrait comme un vieux prédicateur, je m'éprouve si mauvais que j'en deviens pire encore. Je suis l'importun, qui sent qu'il importune et ne peut s'empêcher d'importuner plus gravement. Je perds patience et confiance à la fois, abrège et achève ainsi de ruiner mon effort, si grande est ma hâte à me taire. Parfois, tandis que je rumine ma défaite, je gagne mon procès. Rien de tel, pour ramener un avocat à sa condition d'artisan consciencieux et d'amant inquiet.

La maturité venue a cependant pour l'essentiel apaisé l'inquiétude. Je me soucie encore de ce qui va advenir à l'audience, mais guère plus de moi-même. J'ai trop souvent éprouvé cette étrange alchimie : un jour, tout ce que l'on dit est écouté, accueilli avec une constante satisfaction par les juges. Le lendemain, toute intervention de la défense ne suscite qu'ennui, impatience ou irritation. Mais je ressens toujours la même frustration et parfois une véritable angoisse à sentir que mon plus ferme assaut n'a en rien ébranlé mes juges, que leur conviction qui m'était contraire à l'origine n'a nullement changé, bref, que je suis inutile. Brillant ou plat, qu'importe, je sors de l'audience avec le sentiment terrible de l'impuissance. Tout m'apparaît alors dérisoire, et le dossier minutieusement préparé, et la passion mise à le soutenir.

Il me restait quelques heures encore avant de partir pour Troyes. Tout dans cette maison m'était douceur, apaisement. J'éprouvais le besoin d'en sortir, de marcher longuement. Je m'en fus à nouveau entre les sillons de la grande plaine. J'avais quarante et quatre années, « deux fois quatre, comme toi », disais-je à mon fils pour lui expliquer mon âge. Je pesais le poids de la maturité venue, de l'expérience reçue, des défaites acceptées. Je pesais le poids de cette conviction assurée qu'il n'y a pas de coupable mais seulement des accusés. J'éprouvais le sentiment que toute ma vie professionnelle n'avait de sens que par le combat qui allait commencer demain à Troyes. En cet instant, je n'étais devenu avocat que pour, le jour venu, sauver la tête de Bontems. Le reste ne comptait plus, cela seul m'importait. Je rentrai chez moi en coupant au plus court. Le soleil baissait à l'horizon. Je ramassai dossier, livres et papiers. Je pouvais partir, j'étais prêt.

DEUXIÈME PARTIE

Les procès que j'ai vécus revêtent chacun dans ma mémoire une couleur particulière. Je porte ainsi en moi un étrange album, un arc-en-ciel de souvenirs sans que je puisse déceler ce qui donne à une audience cette luminosité pâle ou à telle autre la brutalité sourde de l'ocre. La salle de la cour d'assises de Paris, elle-même, dont le décor paraît immuable, se teinte différemment selon l'affaire à laquelle je songe. J'y défends un meurtrier qui a tué sa maîtresse, par volonté d'euthanasie, affirme-t-il, et dont l'esprit oscille entre le délire et la logique. Je revois des visages très pâles, ceux de l'accusé et de ses juges. Le reste se perd dans un fond d'ombre, comme un portrait hollandais. Voici dans le box quelques truands, raisonnables auteurs d'un hold-up bien préparé. Ils se découpent dans une lumière précise, avec des reflets, des taches blanches sur les boiseries. Mon passé me livre des images. J'évite de trop m'y attarder. Demain seul importe pour l'avocat qui revient du Palais. De son combat, rien ne demeure au moment où l'audience s'achève. Je contemple mon maître mort. Ses traits ont repris leur énergie. De tant de plaidoieries, que reste-t-il ? Les lirait-on qu'elles vous échapperaient encore. La parole fixée est morte.

De quelle coloration singulière le temps marquera-t-il dans ma mémoire les journées de Troyes ? Les souvenirs frémissent encore, les couleurs sont trop vives, changeantes. Plus tard, je reverrai peut-être, dans la lumière éclatante de juin, ce palais neuf, ces rues hostiles, et tout le procès lui-même. Ou bien le gris plombé de cette journée où l'orage menaçait fixera toutes les scènes, telles des gravures vieillies. Ce qui demeure en tout cas présent en moi et baigne tout, c'est la chaleur, la lourde chaleur de juin à Troyes. Ce qui s'est passé là, pendant ces heures, est en moi comme alourdi par la pesanteur du soleil ou de l'orage. L'été, le soleil, sont l'âme des fêtes cruelles. J'étais venu à un rendez-vous, dont je ne déchiffrais pas encore le sens.

Ce ne fut pas le drame cependant qui m'accueillit à Troyes. Dans toute petite ville, d'habitude tranquille, où se joue un grand procès règne une atmosphère de festival. Envahie de journalistes, la ville se sent au cœur de l'actualité. Elle se découvre pour quelques jours, point de mire, foyer brûlant d'intérêt. Mais d'un intérêt très particulier.

La radio, la télévision, les journaux sont pleins de l'Affaire. A voir ainsi sans cesse évoqué le procès de Troyes, Troyes ne semblait plus exister que par le procès, n'être plus qu'un palais de justice éclairé comme une scène, dont toute la villc dans l'ombre n'aurait été que les immenses coulisses secrètes.

Le procès était partout. Affiché sur les kiosques, retransmis par les postes, animant toutes les conversations. Je me promenai dans la ville. Je le sentais présent en chaque habitant. Je me reprochai mon intoxication. J'entrai dans le premier café venu. Au comptoir il n'était question que du procès ou plutôt de son inutilité. D'un ton définitif, accompagné du geste, un consommateur lançait à l'approbation unanime : « Des gens comme ça, je te les aurais exécutés sans jugement — vite fait — bien fait. Et allez donc ! » Et la main frappait du tranchant le comptoir. Je me rappelai ce colonel de parachutistes qui en trois adjectifs avait mis la justice au garde-à-vous : « La justice moi, je la veux implacable, immédiate, sommaire. C'est ça la justice populaire. Tout le reste c'est du bavardage. » Je pensais que le colonel avait des disciples à Troyes. Il avait eu de la chance, d'ailleurs, le colonel. Une juridiction qui n'avait rien de populaire l'avait condamné, dans toutes les formes convenables, à la détention perpétuelle, au dernier temps des complots. Il était libre, à présent, le colonel, et amnistié. Je me demandais parfois si cet esprit rigoureux regrettait qu'on ne lui eût pas fait application de ses théories judiciaires. Ou s'il convenait que la démarche prudente et les rites solennels de la justice avaient décidément du bon...

Je regagnai l'hôtel. Les terrasses étaient pleines de consommateurs. Taches sombres dans la lumière trop brillante des néons, taches claires sur les profondeurs bleues de la nuit. Les conversations allaient bon train. Je saisissais au vol, en marchant, quelques propos, par bouffées. Toujours le procès. Je m'irritai de jouer ainsi les espions. Je pressai le pas. A l'hôtel c'était pire encore. Le procès était dans les chambres, dans la salle à manger, au bar, dans le jardin. Tous, journalistes, avocats et même magistrats nous y étions installés — comme les acteurs d'une tournée. Pas de doute, l'affaire tenait toute l'affiche. Demain, nous jouerions à bureaux fermés.

Je montai dans ma chambre. Mes bagages n'y étaient pas. J'appelai. Enfin, l'employé vint. J'avais déposé sur mon lit le dossier. Il jeta un coup d'œil : « Vous êtes avocat ? — Oui. — Vous venez pour l'affaire de demain ? — Oui. — C'est bien, ce que vous faites. » Je le regardais un peu surpris. « Vous trouvez ? — Oui. Heureusement qu'il y a des hommes comme vous pour la justice. » Je me sentis grandir de cinq pouces. Le colonel n'avait donc pas que des disciples à Troyes. Peut-être avais-je devant moi un objecteur de conscience, un homme pour lequel le « tu ne tueras point », a valeur absolue. Je ne résistai pas à la curiosité, je lui posai la question : « Vous êtes contre la peine de mort ? » Il me regarda stupéfait : « Moi, ah non alors ! Des crapules comme ça il faut en purger la société. Et tout de suite. J'espère bien que vous ne leur ferez pas de cadeau. Vous savez, on compte sur vous... » J'avais compris. Il me prenait pour la partie civile. Je l'assurai qu'il pouvait en effet compter sur moi. J'étais fixé. Je savais quel serait demain notre rôle dans la pièce. Nous aussi, nous serions les méchants.

J'ouvris toute grande la fenêtre. Il montait de la nuit une rumeur. Je me demandais si Bontems l'écoutait, lui aussi, dans sa cellule. Mais non, il ne pouvait l'entendre. Peut-être dormait-il. Il était trop tard pour travailler, trop tôt pour me coucher. Je me sentis en cellule moi aussi, dans cette chambre. Je m'évadais. Je descendis au bar retrouver mes amis. Le procès y était aussi, bien installé, comme partout. Il ne me lâchait pas. Il ne me lâcherait plus.

« L'audience, c'est la mer. Elle te porte ou t'emporte selon le cas. Sens-tu des courants profonds, irrésistibles ? N'essaie surtout pas de nager contre eux. Tu te fatiguerais vite, et tu flotterais ensuite comme un vieux bouchon, au creux de la lame. Ce qu'il faut, c'est au contraire éprouver constamment, comme le bon nageur, où elle veut t'emmener, l'audience. Ce n'est pas toujours dans la bonne direction. Mais il suffit d'attendre. Il y a toujours un moment où tu sens qu'elle hésite, qu'elle est étale, qu'elle est prête à refluer. Alors, n'attends pas, même une seconde, lance-toi de toutes tes forces. Et tu verras comme elle te portera, l'audience, et comme tout devient facile. L'avocat, à l'audience, c'est le marin. Ceux qui sentent la mer, vivante en eux, même dans la tempête, ils sont encore leurs maîtres et même les maîtres de la mer. Les autres, ceux qui raisonnent, le nez collé sur leurs cartes, leurs compas, leurs boussoles, ceux-là tu peux être sûr qu'ils finiront toujours la quille en l'air. Si tu ne sens pas la mer, mon petit, ne sois pas marin. Sois armateur ou assureur. Si tu ne sens pas l'audience, ne sois pas avocat. Deviens professeur ou notaire ou conseil juridique. Mais reste à terre, petit, ou tu couleras. »

Mon maître affectionnait ces comparaisons lyriques. Je trouvais d'ailleurs qu'il ne lui manquait qu'une longue barbe pour ressembler à Neptune. Hormis cette affinité physique, l'origine de ces élans maritimes m'échappait. Il ignorait tout de la mer et ne la voyait que des planches de Deauville. N'importe, l'audience dans ses propos prenait les dimensions de l'Océan. Ame puissante, il lui en fallait le souffle et l'horizon.

Ce premier matin, apparemment impassible, je laissais mon regard glisser sur ce public, sur ces visages, sur cette masse debout au fond de la salle. Je ne cherchais pas à distinguer des traits amis ou familiers. Mon attention devait être disponible, pour laisser place en moi à cette rumeur. Il me fallait, je le sentais, m'ouvrir à la pulsion sourde et encore indéchiffrable qui animait cette foule, et qui allait comme une houle, battre, puissante, exigeante, l'estrade du jury. Je devais percevoir, avant tout autre, ce souffle, qui emplirait la salle, pendant ces heures. C'était son rythme, ses hésitations, ses frémissements qui me guideraient.

« Ne t'y trompe pas, mon petit, tu es avec ton juge comme l'amoureux avec sa maîtresse. Tu peux la haïr par moments, avoir des envies sauvages de la frapper. Mais c'est d'elle, de ses sentiments, de son plaisir, bon ou méchant n'importe, que tout dépend pour toi. Et tu sais qu'il faut que tu la convainques, que tu la séduises, ou que tu en crèves. C'est la même chose avec le jury. Tu le guettes, même si tu affectes l'indifférence, tu trembles de déplaire, même si tu fais tout en apparence pour le choquer, tu veux qu'il soit à toi, qu'il s'ouvre à toi, qu'il t'appartienne enfin. Et parfois, tu y parviens, sans en savoir les raisons, ni même s'il y a des raisons. Tu te sens compris, accueilli, aimé en un mot. Un grand procès quand il tourne bien, c'est une grande histoire d'amour entre l'avocat et ses juges. Mais quand il tourne mal, c'est affreux, comme de vouloir plaire encore quand le temps est passé. Et le pire est qu'il faut continuer, en sentant que chaque mot, chaque phrase, chaque geste irrite ou déplaît. Sans parler des juges coquets comme Célimène, qui te sourient, te font fête, puis au dernier instant t'abandonnent ou t'accablent. Don Juan parfois. Alceste plus souvent, quand ce n'est pas Perrin Dandin. Quel métier ! » Mon maître bougonnait à mi-voix et l'œil à demi clos ne perdait aucun frémissement, aucune expression du jury ou du public. Il guettait, indifférent en apparence à ce qui se passait autour de lui. Je le sentais dans ces moments-là immobile, rassemblé sur lui-même comme un vieux fauve attentif à percevoir avant tout autre une menace qui s'annonce et n'est pas encore là.

A mon tour à présent, à ma place, à la sienne, je guettais : « Tu es un maigre, petit, tu sentiras les choses avec tes nerfs. Les forts, les gros, c'est dans leur coffre que la menace grandit. Les maigres, les inquiets c'est dans leurs nerfs qu'ils éprouvent que la bête est proche, qu'elle vous guette déjà avec ses yeux jaunes et son souffle puant. » Et en effet, je sentais bien cette présence invisible qui n'allait plus désormais nous lâcher. J'entendais son souffle : c'était celui de cent poitrines. Je soutenais son regard : c'était celui de cent visages, tournés vers moi, mais qui ne me voyaient pas. Ils fixaient au-delà de moi, au-delà du banc de la défense, ce minuscule enclos, le box des accusés, et cette porte qui allait s'ouvrir. Buffet et Bontems allaient enfin apparaître, s'incarner, cesser d'être ces chimères monstrueuses : les assassins de Clairvaux.

Je savais qu'ils étaient arrivés au Palais. Une longue clameur « A mort ! » s'était élevée dans la rue, au passage des fourgons cellulaires grillagés, qui avaient l'aspect de corbillard pour pauvres. C'était eux que l'on attendait, comme on attend que le taureau débouche dans l'arène. Mais ce n'était pas l'impatience, ou l'énervement joyeux des grandes courses qui animait le public. La haine et la peur tissaient autour de ce box vide un filet aux mailles invisibles. J'éprouvais, rangeant avec une ostensible méticulosité les pièces de mon dossier, que c'était là, pour la défense, la pire menace, bien plus redoutable que les faits eux-mêmes et les arguments de l'accusation. Une exigence montait de cette foule, et c'était une exigence de mort. Je sentis que c'était contre elle qu'il allait falloir se battre. Mes amis me rejoignirent, la cour parut : « Gardes, faites entrer les accusés ! » — Un immense soupir monta de la salle. C'étaient donc eux, les assassins de Clairvaux...

Entre l'accusé et le public se nouent des liens subtils. L'accusé est le personnage central du drame judiciaire. Même si son rôle à l'audience n'est pas le plus important, c'est à lui en définitive que tout se ramène, c'est lui que l'on verra disparaître, passer de l'autre côté, dans l'univers pénitentiaire, au moment où, la sentence lue, tombe la dernière réplique : « Gardes, emmenez le condamné ! » A moins qu'il ne soit acquitté. Mais l'acquittement, en justice, a toujours quelque chose de miraculeux, comme le lépreux soudain guéri qui retrouverait la communauté des hommes.

Mais au-delà de cette interrogation fondamentale qui relève tantôt du roman policier (coupable ou non coupable ?), tantôt de l'intrigue dramatique (que va-t-il lui arriver ?), l'accusé exerce sur le public une fascination singulière. Il est l'Autre, celui qui a connu d'autres angoisses, commis d'autres actes, vécu d'autres instants que les nôtres. Mais cet étranger est aussi nous-même. Ce qu'il y a en lui de monstrueux, ou que nous appelons tel, nous le sentons en certains instants présent en nous. Il a, lui, donné la mort, parfois de sang-froid. Il a quitté la foule de ceux qui imaginent ou regardent, rêveurs ou spectateurs, pour passer du côté de ceux qui ont violé l'interdit, qui ont commis le sacrilège. Mais dans le sacrilège survit le sacré. La fascination que suscite le criminel de sang est ambiguë. Elle est horreur et peur mêlées. Elle est condamnation du crime commis, mais aussi, refus de s'avouer que le criminel n'est pas fondamentalement différent de nous, qu'il est simplement notre visage le plus terrible.

Ce rejet éclatant et cette reconnaissance secrète demeurent, hors de l'enceinte judiciaire, des projections intellectuelles. Nous lisons le récit de crimes réels. Nous les voyons représentés au cinéma ou décrits dans des livres. Le criminel, lui, est à l'écart de notre vie. Nous ne rencontrons jamais de criminel. Parfois nous l'avons connu avant qu'il ait commis son crime, ou alors que nous l'ignorions. Lorsque nous apprenons qu'il est un criminel, la justice s'en est saisie. Il est hors de notre portée. Mais même physiquement absent, le criminel demeure présent parmi nous. Si son crime, par son horreur même, a suscité une émotion considérable, alors il devient, jusque dans sa cellule, une obsession pour la cité. Son existence est ressentie comme une menace ou un défi. Elle atteint une dimension magique, signe plus que réalité du mal.

Vient le temps du procès. Ceux qui jugent ou regardent juger voient devant eux paraître un accusé, c'est-à-dire un homme. Et du coup, le maléfice s'évanouit, la symbolique disparaît. « Ce n'est donc que cela un assassin, un monstre ? » Le reste de l'audience s'écoule le plus souvent à guetter, à tenter de surprendre ce qui chez cet homme trahirait le monstre :

une réflexion, une attitude. Car il est toujours difficile de condamner un homme, alors qu'il est commode et satisfaisant de liquider un monstre. Mais l'attente est presque toujours déçue. Sur un visage d'homme, rien ne laisse percevoir les crimes qu'il a pu commettre. Parfois, cependant, l'accusé accepte le jeu. Acteur de sa propre tragédie, il veut donner au public la représentation que ce public attend, qu'il espère secrètement. Le rôle d'accusé ne lui suffit plus. Tel Lacenaire, il entend assumer le personnage du monstre. Alors tous, le public, les juges sont apaisés, presque satisfaits au fond d'eux-mêmes. Juger un homme, quand on attendait un monstre, quelle déception ! Mais juger celui qui se veut monstrueux, quelle rare harmonie entre le projet et la réalité.

Je ne connaissais pas Claude Buffet. Je ne l'avais jamais vu avant qu'il entrât le premier, et déclinât son identité de sa voix posée, assez haute, avec une certaine vibration métallique. Je n'avais pas à le connaître, à m'intéresser à lui, sauf dans la mesure précise où cette connaissance, cet intérêt, pouvaient me servir à mieux défendre Bontems. Seul Thierry Lévy, et peut-être Rémy Crauste, ses avocats, peuvent dire qu'ils ont connu Buffet, ou du moins tenté de le connaître, de le comprendre. Les autres, tous les autres, ceux que la machine judiciaire a mis en présence de Buffet n'avaient pas le temps, le tempérament ou le rôle requis pour aller à lui. Il paraissait inaccessible, hormis sans doute à ceux qui pouvaient l'aimer. Mais qui a aimé Claude Buffet ? Thierry Lévy, à coup sûr ; quel autre, et par quel détour ? Je l'ignorais et cela m'était à cet instant indifférent.

Mais je mesurais aussitôt que pour une fois l'attente du public n'allait pas être déçue. Le champion se révèle au premier échange. Dès les premières phrases, Buffet avec cette politesse appuyée, où l'on retrouvait l'ancien valet de chambre, demanda au président l'autorisation de rester assis pendant son interrogatoire. Ou plutôt il lui notifia cette intention tant il paraissait maître de lui-même et de l'audience. Je compris que j'avais là, derrière moi, dans le box des accusés, un homme dont le personnage et la personnalité se recouvraient complètement. Comme chez les grands acteurs il était impossible de déceler où pouvait commencer la composition. Il allait à l'évidence assumer son rôle à la perfection, c'est-à-dire qu'il apparaîtrait tel que les juges et le public l'avaient imaginé. Le ton, la voix, le regard étaient bien ceux que chacun prêtait à Claude Buffet. L'identification était totale entre l'assassin froid, impitoyable, si souvent dépeint et ce personnage impassible les bras croisés, le regard insaisissable. Parce qu'il ne décevait en rien l'idée que chacun s'était fait de lui, il entrait parfaitement dans le jeu judiciaire. Et sa sincérité paraissait absolue dans la mesure où il se révélait tel qu'on l'attendait.

Ce faisant, Buffet se perdait, comme à l'évidence il avait choisi de le faire. Mais en même temps, Buffet perdait Bontems. Car en assumant entièrement le personnage de Claude Buffet l'assassin, tel qu'on l'avait imaginé, il bénéficiait d'une présomption absolue de sincérité. Communément, l'accusé ment pour sauver sa tête. Celui qui a décidé de ne rien faire pour la sauver, au contraire, apparaît dénué de tout artifice et ses propos comme l'expression même de la vérité. Et dès lors qu'il apparaît si sincère, s'agissant de lui-même, pourquoi le soupçonnerait-on de mentir pour en perdre un autre ?

Bontems par contre était mauvais, pis encore, nul dans son rôle d'accusé. La tête rentrée dans ses épaules trop larges, le visage ingrat, ses paupières clignaient sans cesse et escamotaient le regard. Pour une raison que j'ignore, on ne lui avait pas donné ses lunettes. Myope à l'extrême, il allait vivre ces journées dans une sorte de flou. Juges, témoins, avocats généraux, tous les personnages essentiels allaient être pour lui des silhouettes incertaines. L'effort qu'il mettait à les mieux voir accentuait encore le battement des paupières, donnait à ceux qui le regardaient et le voyaient, eux, avec précision, l'impression constante d'un homme qui mentait et que le clignotement de ses yeux trahissait. Longtemps après le procès il me raconta, d'une voix unie, ce qu'avait été pour lui cette sensation de fuite constante des visages qu'il n'arrivait pas à voir ou plutôt à déchiffrer. « Tout glissait, me disait-il doucement. Il n'y avait guère que Buffet que je voyais bien », ajoutait-il avec un léger sourire. Car il avait peur de Buffet. Une peur qui se décelait à les regarder, assis entre leurs gendarmes. De temps à autre je surprenais Bontems épiant à la dérobée Buffet. Il le redoutait à l'évidence plus que l'avocat général. Il n'avait pas tort.

Pour Buffet, la mort était à présent le plus sûr moyen d'échapper à la prison, à cet univers carcéral qu'il méprisait et haïssait. L'instinct de mort possédait Buffet, l'entraînait, l'emportait vers la guillotine. Elle exerçait sur lui une fascination évidente. Buffet avait toujours égorgé ses victimes. L'alliance symbolique du couteau et de la mort était enfoncée au plus profond de lui-même. Maintenant la lame brillante, immense, de la guillotine, était là, toute proche, dressée devant lui, fermant son horizon. Elle l'attendait, semblait-il, de toute éternité, au moins de cette éternité qu'est sa vie pour chacun de nous. Après le rasoir, le poignard avec lequel il avait tué, le grand couteau allait à son tour l'égorger d'un coup net. C'était l'apothéose secrète et attendue.

Mais il y avait celui qu'il appelait son camarade. Ce mot pour l'ancien légionnaire devait avoir un sens entier, exprimer le lien indissoluble des hommes qui ont combattu ensemble. Un camarade ne vous trahit pas. Un camarade ne vous laisse pas seul. La solitude est trahison. Surtout quand on a juré de vaincre ou mourir, ensemble. Il fallait bien que, même contraint, même forcé, le camarade allât jusqu'au bout quand il était le camarade de Claude Buffet. Ce mot seul, fréquemment répété, claquait comme un fouet dans les rares moments où Buffet se laissait emporter par une espèce de fureur meurtrière, terrifiante, dont l'objet était Bontems.

Je songeais en les regardant tous deux qu'ils avaient dû échanger un serment puéril et tragique. J'imaginais l'ancien légionnaire Buffet et l'ancien parachutiste Bontems, chuchotant : « Echec ou succès, ensemble, jusqu'au bout. — Jure-le. — Je le jure. » Pour Buffet un tel engagement ne pouvait avoir que valeur absolue. Peu importait ce qu'avait été réellement le rôle de chacun. Bontems devait tenir la parole donnée à Buffet — même si lui n'avait pas tué, même s'il avait encore une chance de sauver sa tête. C'est ce que Buffet exprimait, lorsque, d'une voix métallique, debout, il hurlait : « Ce que je ne peux pas supporter, c'est que mon camarade ne prenne pas ses responsabilités. » Ses juges traduisaient « responsabilités devant la justice » et voyaient en Bontems, si puissante était la fascination de Buffet, un lâche qui se dérobait et en Buffet un homme qui avait le courage de ses crimes. Cette interprétation logique était plaquée sur les obsessions et les délires de Buffet. Bontems devait bien prendre ses responsabilités, mais vis-à-vis de lui, Buffet. Bontems devait tenir jusqu'au bout la promesse solennelle échangée entre eux et qui les liait dans un destin commun. Pour Buffet la pensée que Bontems pouvait se dérober au dernier moment et préférer vivre à mourir avec lui, après l'échec de leur tragique entreprise, lui était par instants insupportable. Puis l'indifférence et le détachement semblaient le recouvrir en entier. Il redevenait l'étranger — le spectateur.

Dès les premiers moments, je ressentis ce lien inavoué entre les deux hommes. Derrière moi se jouait entre eux une autre partie, un autre procès, celui-là silencieux. Buffet voulait que Bontems meure avec lui. Bontems, tel un nageur tentant de s'arracher à l'étreinte de celui qui se noie, voulait vivre. Mais toute la pesanteur était du côté de Buffet, et la résistance que Bontems lui opposait était presque dérisoire. Avec une sûreté, une intuition impitoyable, Buffet construisait son personnage aux yeux des jurés et du public, par petites touches, en artiste, en maître. Il se gardait tout au long de son interrogatoire de décevoir ou d'irriter. Il était bien Buffet tel qu'en lui-même. Impavide il acquiesçait au rappel des pires faits, se bornant çà et là à préciser ou à rectifier quelque détail, comme pour mieux marquer son souci de vérité. L'impression qu'il produisait sur les jurés était écrasante. Quant au président, Buffet lui rendait la tâche si facile, le déroulement de l'audience si aisé, que le magistrat paraissait lui en avoir une certaine gratitude, comme le professeur en éprouve à l'égard du bon élève, qui répond bien et sagement le jour de la venue de l'inspecteur d'académie. A certains moments, c'en était presque comique. Un rien encore, et l'on allait décerner à Buffet le prix d'excellence de l'accusé modèle. Y avait-il une difficulté, une incertitude, une contradiction ? L'avocat général ou le président avaient recours à l'élève Buffet qui, patiemment, donnait aussitôt la précision demandée. Je sentais grandir, à mesure que les heures de l'interrogatoire passaient, l'emprise de Buffet sur la salle. Il s'en allait sûrement vers la mort. C'était son heure de gloire.

Bontems, au contraire, faisait naître une suspicion, un malaise croissant. L'impression déplaisante que produisait son visage sans grâce et sans regard était encore aggravée par sa voix. Haut perchée, elle prenait par instants des tons de fausset et desservait ses propos. Il s'exprimait en petites phrases pauvres, tandis que Buffet détachait çà et là une formule heureuse. Et quand il voulait protester ou contester, l'énervement ou la tension intérieure le faisait presque piailler. Il était ridicule ou pitoyable, jamais convaincant.

L'interrogatoire des deux accusés se poursuivait. Chacun à son tour exposait sa version des faits. Buffet avec la même sûreté, le même art, précisait son rôle, donnait les détails. Il en arrivait enfin à la scène tragique de l'aube, au moment de l'assaut. Il racontait comment il avait égorgé le gardien. Il reconnaissait avoir donné un coup de poignard à l'infirmière, par réflexe, disait-il, parce qu'elle était tombée sur lui, alors qu'agenouillé, le dos tourné, il essayait de sortir de ses gonds la porte de la cabine des rayons, pour barricader l'entrée. Cette version accablait Bontems. Mais Buffet se gardait d'insister. Il se bornait à dire ce qu'il avait fait. Il n'accusait pas Bontems. Il ne disait pas : « Je l'ai vu porter le coup de couteau à l'infirmière. » Mais cette réserve dans le propos le rendait plus dangereux encore. Son silence ajoutait encore à l'impression si forte de vérité que donnaient son ton détaché, son impassibilité, ses bras toujours croisés sur la poitrine. J'avais quitté le banc de la défense d'où je ne le voyais que de profil. Je l'observais de face comme la cour et le jury. J'éprouvais mieux l'impression qu'il faisait sur eux : il était formidable. Et cependant, j'avais la certitude qu'il mentait, que c'était bien son poignard et non l'Opinel qui avait servi à égorger l'infirmière. Mais je sentais aussi que la conviction commençait à se forger dans l'esprit du jury que c'était Bontems et non Buffet qui avait porté le coup mortel. Il fallait vite rompre cet enchantement, briser le maléfice. Sinon il serait trop tard. Que la première journée d'audience s'achevât ainsi, dans ce climat, que les jurés repartissent chez eux convaincus que Bontems mentait, qu'il avait tué et qu'il était un lâche aux côtés d'un Buffet sincère et courageux, et tout était perdu. Même nos démonstrations les plus fortes sur l'Opinel s'émousseraient sur la conviction déjà faite des jurés. Il était impératif d'agir immédiatement, brutalement. Je surpris dans le regard de Philippe Lemaire la même inquiétude. Je lui fis signe. Nous sortîmes nous concerter.

« La défense, petit, doit surprendre. Ne laisse pas le jury glisser loin de toi, sinon tu le retrouves dans les bras de l'accusation. Rappelle-toi que c'est toujours plus facile de condamner que d'acquitter, que c'est plus simple de croire l'accusation que la défense, que les honnêtes gens pensent que le pire n'est pas de laisser filer un coupable, mais bien de ne pas le condamner. La pesanteur aux assises joue contre toi. Si tu ne réagis pas, si tu ne résistes pas sans cesse, tu te retrouves au bas de la pente. Bien condamné, mal défendu. Alors, si tu sens que la partie est mal engagée, que tu recules pas à pas, romps brutalement et vite, et fort et dur, pousse ta botte. Tu n'es pas sûr pour autant de gagner la partie. Mais si tu n'agis pas, tu es sûr de la perdre. L'assoupissement à l'audience, le ronron tranquille de la machine judiciaire, c'est la défaite certaine de l'avocat. Alors n'attends pas. Fonce et frappe. Ou tu seras comme gelé. Tu te seras laissé aller à l'engourdissement de l'audience, comme on se laisse aller au froid, dans la neige, tout doucement. Après cela, essaie encore de convaincre ! Tu sentiras chez tes juges la condamnation toute prête, bien arrêtée, bien brillante, comme un grand cristal froid. C'est quelquefois une question de minutes. Tu les laisses passer, par indifférence, incertitude ou fatigue. Et c'est trop tard. C'est fini, la glace a pris. »

Je me levai. L'interrogatoire prenait fin. Le président se tournait successivement vers la partie civile, l'accusation, la défense, pour leur demander s'ils voulaient poser des questions. C'est à dessein que je me tenais debout, alors que mon tour n'était pas venu : pour marquer ma présence, pour détourner un peu vers moi l'attention du jury, pour avoir ainsi sur lui une prise plus directe. Je ne savais pas encore exactement ce que j'allais faire. J'avais bien préparé mes questions à Buffet, élaboré une sorte de grille, où, à chaque question, correspondaient plusieurs réponses possibles de Buffet, dont chacune appelait à son tour une nouvelle question. Mais j'avais mesuré que l'homme était trop redoutable. Il trouverait à chaque fois la réponse imprévue qui déséquilibrerait l'attaquant. Il fallait procéder autrement. Puisque je désespérais d'obtenir que Buffet se coupât et donnât enfin l'impression qu'il mentait, il fallait faire porter mon effort sur Bontems et convaincre le jury qu'il pouvait être sincère. Entre les deux sincérités possibles, le jury hésiterait. L'hésitation ouvrait la brèche. La démonstration sur l'Opinel emporterait le reste.

J'attendais, toujours debout, que mon tour fût venu. J'étais le dernier à pouvoir interroger les accusés. Une disposition du code de procédure pénale prévoit que les questions, qu'elles émanent de l'accusation ou de la défense, sont posées par l'intermédiaire du président. Cette règle, si on l'observe, aboutit pratiquement à stériliser les contre-interrogatoires. Demander au président qu'il pose la question que l'on énonce donne au témoin toute latitude de préparer sa réponse. Toute possibilité disparaît pour la défense de surprendre le témoin par une question imprévue exigeant une réponse immédiate, car son silence, son embarras ou sa perplexité sont autant de signes aisés à interpréter. Et puis il n'y a pas de questions isolées. Toute question en prépare ou en commande une autre, jaillie de la réponse faite à la précédente. L'avocat qui contre-interroge doit être comme un boxeur qui frappe des deux mains : une question part, une réaction du témoin, vite une autre question et sur la réponse une autre encore jusqu'au moment où le témoin enfin désemparé se coupe ou se tait. Bien sûr, il ne s'agit pas de tomber dans une sorte de terrorisme verbal, où l'avocat donnerait l'impression d'assaillir le témoin, pour lui arracher, à la faveur d'une confusion provoquée, une réponse favorable à sa thèse. Les jurés voient dans les témoins, quand ce ne sont pas des experts ou des policiers, des hommes et des femmes comme eux. Inconsciemment, ils s'imaginent à leur place. Que l'avocat les agresse, ou les ridiculise, ils lui vouent un ressentiment secret, même si sur le moment ils paraissent se divertir du spectacle offert. La défense doit apaiser les inquiétudes, désarmer les soupçons des jurés. Ceux-ci redoutent toujours que l'avocat ne cherche à leur arracher, par malice ou à la faveur de l'émotion, une décision trop indulgente au profit d'un coquin. Or un avocat dont on se défie, même si on l'admire, part perdant. Il gagnera peut-être des applaudissements, mais rarement sa cause.

J'avais durement appris cette règle d'or : pas d'effet d'audience au détriment d'un témoin. La même règle vaut quand il s'agit d'interroger un coaccusé qui charge ou accable son client. — Ici, sans doute, il n'y a pas à craindre de paraître frapper un adversaire sans grande défense. Car son avocat est là. Le jury sent la partie égale, et l'identification avec le témoin malmené n'est pas à craindre. Mais une règle fondamentale de la défense interdit à un avocat d'aggraver les charges qui pèsent sur un accusé. Quand deux accusés se contredisent ou s'accablent réciproquement, la voie devient très étroite pour l'avocat. Il lui faut prouver pour sauver son client que l'autre accusé ment. Mais en prouvant ce mensonge, il risque de perdre cet autre accusé. Pour Buffet cependant, qu'il ait porté ou non le coup mortel à l'infirmière ne changeait pas en fait sa situation. Il avait tué le gardien, il admettait avoir porté un coup de couteau à l'infirmière. De toute manière, je n'avais pas le choix. Nous ne pouvions espérer sauver la tête de Bontems qu'en prouvant qu'il n'avait pas tué l'infirmière. Or si ce n'était pas lui, c'était nécessairement Buffet. Mais, hors un miracle, rien ne pouvait à l'audience sauver Claude Buffet. Ses avocats le savaient. Ils assumaient avec passion leur tâche. Debout, avant de poser ma première question je les regardais. Ils paraissaient jeunes — mais ni fragiles ni incertains. Il se dégageait d'eux une impression d'extrême résolution. Une foi absolue dans l'importance exceptionnelle de cette cause sans espoir les portait au plus haut d'eux-mêmes. Tout le cours du procès allait en témoigner. Ils ne défendaient pas Buffet. Buffet était d'ailleurs selon les normes classiques indéfendable, puisqu'il ne voulait pas se défendre et que sa cause était perdue à l'évidence, dès le premier instant. Mais au-delà de Buffet, Thierry Lévy et Rémy Crauste proclamaient leur refus d'admettre qu'un homme puisse n'être qu'un monstre, et qu'à de tels êtres notre société ne réserve que la mort.

Pour moi, en tout cas, les choses étaient claires. Je n'attaquerais pas Buffet. Je considérais Claude Buffet comme un homme hors de notre commune mesure, un possédé étranger à notre justice fondée sur la responsabilité et la sanction du criminel. Je le dirais, bien que ce ne fût pas mon rôle, parce que c'était ma conviction absolue. Mais nous devions, Philippe Lemaire et moi, défendre Bontems, et tout mettre en œuvre pour le sauver. Or sa seule chance de salut résidait dans la démonstration faite que Buffet mentait. Nous ne pouvions fléchir sur ce point. C'eût été perdre Bontems à coup sûr. A l'heure ultime des plaidoiries, nous saurions faire entendre notre voix, la joindre à celle des avocats de Buffet et crier à cette foule qu'on ne tue pas les assassins, qu'on ne tue pas les possédés, même s'ils tuent.

« La défense a-t-elle des questions à poser ? » Le moment était venu. « Si vous le permettez, monsieur le président, je souhaiterais d'abord demander à Claude Buffet quelques précisions. » Buffet tourna vers moi son regard opaque. Je sentis l'attention du jury se tendre vers nous et du public monter comme un frémissement. Je regardais Buffet. Il offrait un visage dénué de toute expression. Rien, aucune émotion, aucun intérêt même ne s'y lisait. Il était, à l'évidence, inexpugnable, retranché en lui-même comme dans une forteresse. Tenter l'assaut eût été aberrant. Je pressentais le pire. Et cependant, il fallait agir, maintenant, attaquer à tout prix. Je me tournais vers le jury, comme si je renonçais à interroger Buffet. Et lentement, je rappelais à la cour que Buffet, accusé, n'était pas tenu de dire la vérité, que tout accusé a le droit de dire, vrai ou faux, tout ce qui peut lui paraître utile à sa défense. Et que moi, avocat, je serais malvenu à lui en faire grief. Ce discours n'était à l'évidence pas destiné à énoncer des principes. Rappeler que Buffet avait le droit de mentir ne changeait rien au problème fondamental : disait-il oui ou non la vérité ? Mais je faisais ainsi savoir à Buffet, dont je devinais l'immense orgueil, qu'à mes yeux il était un accusé, libre donc de dire la vérité ou de mentir, sans que personne puisse lui en tenir grief. C'était là son privilège. Je le lui reconnaissais. En même temps, je marquais au jury que si tout accusé est libre de taire ou d'altérer la vérité, il fallait bien admettre que Buffet pouvait mentir — à tout moment. Ces préliminaires ambigus mais nécessaires achevés, j'attaquai.

Mais je n'attaquai pas Buffet. C'est à Bontems que délibérément et presque durement, je m'en pris. Précision après précision, l'interrogeant d'une voix sèche, je lui fis à nouveau répéter sa version de la scène finale telle qu'il disait l'avoir vécue : son réveil en sursaut, dans le fracas de l'assaut, Buffet faisant irruption le poignard à la main et lui jetant au visage : « Ils attaquent, tiens la porte. » Et lui, fasciné par l'autorité terrifiante qui émanait de Buffet, se ruant sur la porte, s'y arcboutant de toutes ses forces, résistant pendant quelques instants avant que sous la poussée elle cède, et qu'il soit assommé par un jet d'eau. Mais je ne voulais plus que Bontems donne cette impression d'enfant qui ment, qui parle trop vite, trébuche sur une phrase et repart à nouveau, précipitamment, comme s'il avait trouvé une nouvelle version plus convaincante. Je le pressais de questions rapides, le faisant répondre même par un simple oui ou non. Je le reprenais sèchement çà et là sur une imprécision. Pour mieux l'avoir sous mon regard, j'avais quitté le banc de la défense, j'étais maintenant à la place des témoins, très proche du jury et face au box des accusés. Je voyais bien que Bontems ne comprenait pas ce qui se passait, pourquoi son avocat soudain se transformait en procureur, et l'agressait ainsi, le fouaillant de cette voix dure. Il se voyait trahi, il devenait pitoyable, et enfin donnait l'impression dans son affolement de livrer la vérité.

L'attention du jury montait. L'atmosphère enfin changeait. Le spectacle était sans doute étrange de cet avocat tenaillant ainsi l'accusé, le malmenant, plus proche d'un inquisiteur que d'un défenseur. Mais du même coup, mon intervention, parce qu'elle se déroulait si singulièrement, m'arrachait à mon rôle d'avocat. La surprise jouait en notre faveur, l'incrédulité qui avait entouré la première déposition à la fois monocorde et confuse de Bontems, commençait à se dissiper. Enfin, Bontems, à la faveur de cet insolite interrogatoire, à son tour retenait l'attention. Face au box, je surpris même une lueur d'intérêt dans les yeux de Buffet. Sans doute goûtait-il en connaisseur cette scène imprévue. Aussitôt, me détournant de Bontems, je m'adressai à lui. Un grand plan des lieux avait été posé sur un chevalet proche du pupitre de l'avocat général. Je m'y rendis, achevant ainsi de traverser la salle. Et de là, de ce coin où se trouvaient côte à côte l'avocat général en robe rouge et le procureur en robe noire, et la partie civile toute proche, comme si j'avais rejoint l'accusation, je fis préciser à nouveau à Buffet sa version, en pointant du doigt sur le grand plan la position des personnages pendant l'assaut. La contradiction entre les deux hommes s'inscrivait là, graphiquement, d'une façon éclatante. L'un d'entre eux mentait. Alors, sans plus interroger Buffet, inébranlable, je jouai mon va-tout. Je traversai à nouveau la salle, et tandis que j'avançais vers le box des accusés, leur faisant toujours face, je demandai à Bontems avec la même dureté dans la voix, la même sécheresse s'il maintenait ses déclarations, je lui parlai comme à mon adversaire, mon ennemi. Bontems, dressé, presque hagard devant cet avocat, le sien, qui le traitait comme l'avocat général ne l'avait pas traité, trouva en lui des accents d'une force surprenante, pour crier qu'il disait la vérité, qu'il n'avait pas frappé l'infirmière. Pour la première fois, il avait le ton juste, il donnait enfin l'impression d'être sincère, d'être un homme aux abois que l'on veut perdre. Je sentis l'émotion naître, un intérêt humain se lever vers lui, perdu dans son box avec sa vérité maladroitement exprimée. Eprouvant que l'étau se desserrait, emporté par l'impression que le courant de l'audience s'infléchissait, j'allai jusqu'au bout. Arrêté devant Bontems qui me regardait éperdu et répétait « Je ne l'ai pas touchée », « Je ne l'ai pas touchée », je lui criai : « Jurez-le, Bontems, jurez-le. » Et Bontems, véritablement hors de lui, levant la main hurla de toutes ses forces : « Je le jure. » L'effet fut prodigieux. J'avais été trop loin, plus loin que je ne pensais aller, car un accusé ne peut prêter serment. Mais le degré de dramatisation nécessaire avait été atteint par cet excès même. Les jurés étaient enfin ébranlés, ils n'étaient plus assurés de rien, ils allaient donc chercher à savoir lequel des deux accusés mentait. L'accusation, le sentant aussi, voulut réagir, et sans l'avoir voulu, me donna le moyen de rompre. L'avocat général, hors de lui, s'exclama : « C'est un scandale ! Je n'ai jamais vu cela. Un avocat qui ose faire prêter serment à l'accusé de dire la vérité. C'est un scandale ! » Il avait raison, mon adversaire, tout à fait raison, les principes étaient pour lui. Mais le point était gagné, l'impression faite était pour moi. Sa protestation même me servit. Me retournant brusquement vers lui, je répliquai d'un trait : « Eh bien ! vous en ferez un cas de cassation, monsieur l'avocat général. » Les magistrats sourirent. La fortune de l'audience m'avait fourni la plus rare chance, celle de faire succéder à un moment de tension intense un instant d'humour et de conclure gaiement une péripétie dramatique. Je regagnai ma place. Le président leva l'audience dans la rumeur générale.

Nous rentrâmes à pied, Philippe Lemaire et moi. Il nous semblait que cette journée longtemps menaçante avait tourné enfin à notre avantage. Bien sûr, rien n'était acquis. Mais nous pouvions gagner puisque nous avions entamé le front singulièrement uni de Buffet et de l'accusation. Nous préparâmes ensemble, bien en avant dans la nuit, nos questions du lendemain aux témoins. De la fenêtre ouverte montaient vers nous les voix des consommateurs assis à la terrasse. Une certaine détente heureuse nous envahissait, faite de lassitude, d'amitié partagée, de confiance dans nos chances et nos moyens. Je dormis profondément cette nuit-là.

Hélas ! dès les premiers instants de l'audience du matin, le lendemain, je ressentis que cette communication secrète avec les jurés avait disparu. Les conseils de la nuit nous avaient été hostiles, à l'évidence. Tandis que défilaient les premiers témoins de l'accusation, policiers, gendarmes, et que Philippe Lemaire faisait front, inlassablement, se battant sur chaque détail, marquant çà et là des points, je me gardais d'intervenir à nouveau, pour ne pas risquer d'indisposer, après mon assaut de la veille, par une trop grande agressivité ou une hardiesse excessive, ces hommes et cette femme réunis là, par hasard, pour décider ensemble du sort de ces deux êtres.

J'observais longuement ces jurés. Ils offraient à nouveau des visages fermés, impénétrables. Si les jurés savaient comme les avocats les scrutent, les épient, peut-être mesureraient-ils plus encore ce que ces moments peuvent avoir dans leur vie d'exceptionnel. Car on omet de leur dire l'essentiel. Il ne s'agit pas seulement de leur faire prêter serment de prendre leur décision en leur âme et conscience, suivant la formule. L'âme et la conscience sont de bien beaux mots mais qu'évoquent-ils pour la plupart des jurés : le catéchisme de l'enfance, la messe du dimanche matin, certaines soirées de télévision ? Il serait plus simple et moins solennel de leur demander de bien réfléchir avant de prendre leur décision, de s'efforcer d'être aussi objectifs que possible. Certains présidents de cour d'assises leur adressent un petit discours en ce sens. Mais même ainsi...

Mon maître aimait ses jurés. Parce qu'ils

sentaient plutôt qu'ils ne raisonnaient, à son image. Parce qu'il les trouvait toujours différents, versatiles, incompréhensibles, capables du meilleur et du pire. « Comme moi, mon petit, comme moi. Ils pigent avec leur cœur, pas avec leur tête. C'est pour ça qu'avec eux rien n'est jamais acquis, rien n'est jamais sûr, même pas le pire. Tandis que les magistrats, eux, ont déjà le plus souvent pris leur décision avant même d'ouvrir l'audience. Ils ont lu le dossier, ou l'ont parcouru, ils se sont fait une certaine idée de l'affaire, et toi, tu ne viens là que pour les déranger. Au fond, les meilleurs juges s'accommoderaient très bien d'une justice où il n'y aurait ni procureur, ni avocat, simplement des victimes, des accusés et des témoins. Et on réglerait la chose tout simplement comme saint Louis sous son arbre, en interrogeant les uns et les autres. Et en prenant ensuite la décision, sans ces combats de coqs, dressés sur leurs ergots, accusation contre défense, réquisitoire contre plaidoirie. Est-ce que la justice en serait plus mal rendue d'ailleurs ? Je n'en suis pas sûr. Au fond l'avocat n'existe que parce que le procureur existe. Ce serait tellement énervant pour les juges de voir l'avocat général faire le paon, tout seul, et crier, sans qu'il y ait personne de l'autre côté pour lui voler dans ses belles plumes et lui clouer son méchant bec. Mais supprimée l'accusation, à quoi sert la défense ? Et réciproquement d'ailleurs, pour des magistrats professionnels. Demande au juge d'instruction si au fond de lui-même il ne s'estime pas capable de rendre aussi le jugement tout seul, après avoir réfléchi à l'affaire. Il te dira peut-être le contraire. Mais le moi profond du juge murmure secrètement qu'il n'a besoin de personne pour juger, qu'il lui suffit d'être lui-même, c'est-à-dire tout seul, qu'il porte la justice en lui comme l'arbre porte ses fruits, et que les autres, accusateurs ou avocats, ne sont là que pour l'empêcher de bien juger, c'est-à-dire de juger comme il l'entend, pour l'amener à décider comme eux l'entendent.

« Tandis que les jurés, eux, sont hésitants, inquiets, sans morgue. Ils flottent dans cet univers judiciaire qui les intronise et les écrase, comme des rois enfants qu'on met sur le trône et qui doivent décider. Alors tant que les jurés étaient seuls, bon gré mal gré, ils ne pouvaient compter que sur eux-mêmes. Et comme, au fond, ils étaient anxieux de bien faire, l'influence de l'avocat pouvait être décisive. Il fallait gagner leur confiance, leur faire sentir qu'on était un des leurs, un homme comme eux, simplement mieux au fait des choses, et plus apte à les comprendre que l'avocat général, ce fonctionnaire de la justice, ce gendarme en robe. Les Français n'aiment pas les fonctionnaires et rarement les gendarmes. Ils n'aiment pas non plus, il est vrai, les avocats. Ce sont des Latins, pas des Anglo-Saxons. Ils n'ont pas le culte de la loi, et de tout ce qui s'y rapporte.

Mais les Français aiment l'éloquence. Alors l'avocat avait toutes ses chances devant les jurés. Mais malheur à lui s'il les ennuyait.

« Seulement, le jour où Vichy a décidé que c'en était fini de cette ridicule démocratie judiciaire, de cette toute-puissance du peuple représentée par les jurés, qu'il fallait mettre aussi bon ordre à ce scandale-là, au nom de l'efficacité et de l'autorité, et que dorénavant les magistrats siégeraient avec les jurés, délibéreraient avec eux et voteraient avec eux, tout a été changé. Le grand âge de l'avocat a pris fin avec l'angoisse des jurés. Maintenant le Grand Vizir est toujours présent, à côté d'eux pour leur montrer la voie, pour les ramener à la raison aussi. Mais que c'était beau, cette justice acceptant parfois d'être déraisonnable, parce que les hommes le sont toujours. Autrefois, mon petit, j'avais l'impression quand j'allais plaider aux assises devant les jurés, tout seuls, devant moi, de vivre du Shakespeare. Maintenant, à les regarder, sagement assis en demi-cercle autour des magistrats en robes rouge et noire, comme de bons élèves autour de leur maître, je crois tenir un rôle dans une pièce de Dumas fils — où tout est raisonnable, même les passions, même les putains. Alors bien sûr, parfois, je mets à côté de la plaque. On n'a pas joué le roi Lear pendant des années pour devenir facilement le père Duval... » Et mon maître soupirait et feignait la mélancolie, jusqu'au moment où sa puissante nature lui faisait réclamer à grands cris, comme un boyard assoiffé, du champagne pour porter un toast au jury. « A ceux qui dans l'histoire ont eu le double mérite de condamner à mort Socrate et d'acquitter Mme Caillaux, prouvant ainsi à deux mille ans d'intervalle qu'un philosophe en liberté est plus dangereux pour la cité qu'une garce en prison. » J'ignorerai toujours pourquoi mon maître haïssait tant Mme Caillaux, mais je savais sa passion pour Socrate, dont il récitait volontiers l'Apologie, la plus belle plaidoirie jamais dite.

Nous étions loin pour l'heure de Socrate, de l'Apologie et des jurés d'Athènes. Sauf sur un point essentiel. Ces hommes et ces femmes, jurés de l'Aube, eux aussi jouissaient de ce pouvoir inouï : ils avaient à décider du sort de deux hommes.

J'interrogeais ces visages attentifs ou indifférents. Il me semblait que les trois jurés à la droite du président, les plus proches du box des accusés, ne nous étaient pas hostiles. L'un d'entre eux surtout, aux traits fins, sensibles, me paraissait appartenir à la famille de ceux qui refusent la peine de mort. En revanche, les voisins de l'avocat général me semblaient constituer un bloc répressif. Je consultais la liste où nous avions pointé les jurés désignés par le tirage au sort. Je confrontais leur âge, leur profession, leurs physionomies ; j'essayais de dégager, à partir de ces données sommaires, ce que pouvaient être leur sensibilité ou leurs convictions. C'était un exercice divinatoire, presque absurde, comme celui de la récusion qui donne à la défense et à l'accusation le droit de refuser qu'un juré dont le nom sort de l'urne au moment du tirage au sort soit admis à siéger. Etrange faculté qui relève de l'incantation plutôt que de la sélection. Bien sûr, on se raccroche à des critères traditionnels. On ne veut pas de femme au jury s'il s'agit d'un viol. Et pourtant, les femmes ne seraient-elles pas plus sceptiques pour admettre la possibilité du viol que les hommes ? On récuse l'employé de banque pour juger le hold-up, et le fonctionnaire pour connaître du meurtre d'un gardien de la paix. Mais peut-être l'employé de banque a-t-il rêvé d'être un voleur, et le fonctionnaire est-il un homme d'une grande bonté de cœur. Alors au moment où le juré désigné se lève, pour rejoindre la cour, l'avocat essaie de déceler s'il ne s'agit pas d'un de ces hommes dont la nature impitoyable s'inscrit en griffes profondes sur le visage comme sur un livre ouvert. Mais s'il y a de vraies sales gueules devant lesquelles on frémirait de comparaître, elles sont heureusement l'exception. Comment savoir en une seconde si ce personnage un peu gras, qui sourit à sa désignation comme s'il venait de gagner le gros lot, ne dissimule pas sous son aspect bonhomme une âme méchante, comme tant de faux bons gros ? Comment distinguer en cet homme las, qualifié de retraité, un vieux militant syndicaliste, membre de la ligue des Droits de l'Homme ou un ancien contremaître raciste ? Alors mieux vaut passer la main, et hors cas exceptionnels, ne récuser personne.

Et pourtant cette fois-ci, à deux reprises, nous avions récusé des jurés. L'un parce qu'il appartenait à une administration proche de la pénitentiaire. L'autre parce que ses traits le révélaient impitoyable. Mais peut-être aurions-nous dû récuser, aussi, cette femme mûre, assise près d'un conseiller. Je mesurais ce qu'elle pouvait ressentir devant les photographies de l'infirmière égorgée, que le président faisait circuler à cet instant parmi les jurés. Je pouvais suivre à la trace le passage de ces photographies tant les visages se fermaient, se durcissaient. Je me disais que ces photographies n'ajoutaient rien à la connaissance des faits et au crime lui-même. Une justice sereine devrait refuser de telles exhibitions, précisément parce que l'horreur qu'elles suscitent n'est pas compatible avec la maîtrise de soi qu'exige la mission de juger. Mais voulait-on atteindre cette maîtrise, ce détachement, ou bien faire lever chez les jurés une volonté de vengeance, une passion répressive qui les immuniseraient contre toute pitié ? Nous avions reperdu en un moment le peu de terrain gagné la veille. A voir ces images effrayantes, les jurés ne pouvaient éprouver qu'horreur et haine. C'était bien cela. Nous étions installés dans la haine, submergés par elle.

La haine était partout. Je me sentais comme traversé par ses ondes qui de toutes parts enveloppaient le box des accusés. La haine est pesante. Elle pesait ce jour-là de tout son poids sur ces deux hommes. Et nous, les avocats, nous étions là, devant eux, avec l'impression d'impuissance de ceux qui essaient de toutes leurs forces d'arrêter de leurs mains un véhicule trop lourd qui, freins cassés, a commencé de descendre la grande pente et vous entraîne avec lui, irrésistiblement, vers l'abîme. Du public, au fond de la salle, montait par instant une rumeur, un grondement sourd, quand un témoin donnait un détail effroyable. Ainsi un gendarme décrivait-il en termes simples le corps de l'infirmière, à demi allongé sur le côté, la gorge ouverte, les mains encore jointes, et les doigts croisés. Peut-être s'agissait-il d'un geste réflexe, ou de l'expression physique de la terreur qui avait dû l'envahir dans ces secondes effrayantes de l'assaut. Mais l'image de ces mains jointes évoquait irrésistiblement une dernière prière, une supplication à laquelle ces hommes ou l'un d'entre eux au moins — mais la haine ne détaille pas — étaient restés insensibles. La foule à cette pensée frémissait, et ce frémissement venait battre, comme une grande vague, le box des accusés et l'estrade des jurés. Elle retombait ensuite, à l'audition d'un autre témoin qui se bornait à donner quelques précisions techniques.

Mais bientôt, la vague renaissait, plus forte encore, à l'énoncé d'un nouveau détail sanglant. Tous les regards se tournaient alors vers Buffet, impassible, vers Bontems, tassé sur ce banc, les paupières toujours clignotantes. Une sorte de champ magnétique de haine nous enserrait ainsi, qui connaissait des moments de tension plus forte, puis moindre, mais jamais ne disparaissait. Seuls les journalistes, assis à leur pupitre devant nous, constituaient un îlot de neutralité dans la salle. Mais au-delà d'eux, sur les gradins qui nous faisaient face, le foyer de haine était vivace, brûlant même. Là étaient assis, les uns contre les autres, les gardiens de Clairvaux invités sans doute par le Parquet, et les familles des victimes. Dans une confrontation silencieuse, qui durait tout au long des audiences, le mari de l'infirmière, la veuve du gardien contemplaient Buffet et Bontems. L'un n'avait pas l'air de les voir, enfermé dans ce monde intérieur clos et glacé, inaccessible aux autres qui était le sien. L'autre ne les voyait effectivement pas. Les familles avaient été placées aussi près que possible de l'avocat général, de la cour et des jurés. Sans tourner la tête, les juges pouvaient ainsi envelopper presque du même coup d'œil les accusés et ceux qui étaient aussi leurs victimes. Elles incarnaient silencieusement l'exigence du talion. Leur présence à cet instant, en cet endroit, ajoutait à la volonté de mort qui montait de la salle.

Je regardais en face de moi cet homme dont on avait tué la femme. Pour lui, j'étais l'un de ceux qui essayaient de sauver les assassins de sa femme. Je mesurais ce qu'instinctivement, il devait éprouver à chacune de nos interventions. C'était normal, légitime. La défense n'a pas à être aimée des victimes. Mais que ressentais-je moi, à son égard, ou plutôt en sa présence ?

Je regardais cet homme. On était venu le prévenir, le chercher, vite. Les heures d'angoisse, les heures d'attente avaient commencé. De temps en temps, il avait eu des nouvelles par les coups de téléphone échangés entre Bontems et l'Administration. Sa femme lui avait même parlé, lui avait demandé d'intervenir pour qu'on ne donnât pas l'assaut. Puis on avait donné l'assaut. Et tout de suite il avait su que sa femme était morte, égorgée. Il avait dû rentrer chez lui ce matin-là très tôt. Rien n'était changé dans son décor quotidien, et pourtant il ne lui restait rien de son bonheur d'homme. Hier il avait des enfants, aujourd'hui des orphelins. Je déteste le crime, cette expression humaine et imbécile du malheur. Une société qui ne serait pas aberrante devrait sans cesse être préoccupée du crime, comme du cancer ou de la tuberculose. Mais on confond le crime et les criminels. On emprisonne les criminels, on les tue même. Le crime ne disparaît pas, ne diminue pas pour autant. Au Moyen Age on mettait les lépreux à l'écart des villes, on les obligeait à porter des clochettes comme du bétail, pour qu'on les entende venir et puisse s'en écarter à temps. Il n'y avait pas de lépreux visibles. Mais la lèpre était toujours là, bien vivace, dans l'ombre. Nous en sommes encore au Moyen Age, quand il s'agit du crime, cette lèpre de notre société.

J'ai moi-même une femme, jeune, des enfants, petits. Je mesurais l'immensité de la peine de cet homme, mais cette compassion n'altérait en rien ma volonté de défendre Bontems. Un homme et une femme étaient morts. Ce malheur, cette tragédie étaient acquis. Buffet et Bontems devaient-ils mourir pour autant ? Je refusais cette équation sanglante. Ma fonction était de faire que les juges la refusassent eux aussi. Et ce rôle m'occupait tout entier. Pourtant je sentais une préoccupation obscure se lever en moi. Je souhaitais que cet homme et cette femme-là sachent que je mesurais leur douleur. Je souhaitais qu'ils comprennent que la défense peut être totale, sans être insensible aux grandes peines de ceux que le crime a atteints. Il me fallait le leur dire, l'audience en serait pour moi allégée. Je sentais qu'il me fallait exprimer à ces malheureux mes sentiments à leur égard, pour me retourner ensuite avec une force plus grande contre l'accusation. L'audience du matin s'achevait, dans la même atmosphère de haine froide. Je fis un signe à François Sarda, avocat des parties civiles. Et quelques instants plus tard, je le rejoignis, dans un coin de la salle, maintenant vide, auprès de ses clients. En quelques mots je leur dis que je mesurais leur douleur, que je les plaignais, que je les respectais. Ils me regardaient, si pleins de cette douleur qu'ils en paraissaient inaccessibles. Je me tus. Ils parurent étonnés. Ils attendaient peut-être que je leur dise que défendre ces assassins, c'était mon métier, que j'étais au fond de leur côté, de celui des honnêtes gens, des victimes. Mais je n'ajoutai rien. Non par décence. Mais parce que ce n'était pas ainsi que je sentais les choses. Ils étaient frappés par un immense malheur. Mais à ce moment, dans cette chasse à courre Buffet et Bontems, de criminels devenus accusés, gibier qu'on force, étaient pour moi eux aussi pitoyables. Et je pouvais encore sauver Bontems ou du moins le tenter. Je ne pouvais plus rien pour le mari de l'infirmière, la femme du gardien. Je leur serrai la main. Et m'en fus.

L'audience avait repris. C'était l'heure la plus chaude du jour, après le déjeuner. Nous avions regagné le Palais sous un ciel blanc. Même la foule qui stationnait devant les grilles s'était dissipée, avait fondu sous les durs rayons du soleil de juin. Seul le grand vestibule était frais. Peut-être était-ce pour cette raison qu'il grouillait de monde. Il fallait se frayer un chemin vers le vestiaire des avocats. Les gens se retournaient, nous faisaient place, avec sur le visage une expression singulière, un mélange de curiosité et de goguenardise qui signifiait en clair : « Cause toujours, mon bonhomme, tu verras bien... » Je m'appliquais à l'impassibilité, en exagérant presque les formules de politesse à l'égard de ceux qui devaient nous céder le pas. Toute quête de sympathie eût été ressentie comme une marque de faiblesse, de connivence. Cette foule, à l'évidence, n'était venue là que pour assister au prononcé de la condamnation, cette première expression de la mise à mort. Entre ce public et la défense, la rupture devait être affirmée par tous les moyens, et même par l'expression de nos visages. Il n'y avait là de notre part aucune volonté de défi, aucun goût puéril de la provocation. Mais il fallait que sans cesse montât du banc de la défense, un refus obstiné, silencieux ou proclamé, de la nécessité de faire mourir ces deux hommes. L'exigence de ce refus était si impérieuse, la tension qu'elle requérait si intense que je sentais, au long des heures, mes forces s'épuiser. Il me suffisait d'ailleurs de regarder les traits des avocats de Buffet, jeunes encore, qui se creusaient au long des heures et laissaient paraître ce que serait dans dix années leur visage d'homme pour savoir qu'eux aussi affrontaient la même exigence et ne fléchissaient pas. Cette négation, ce refus commun de ce qui paraissait aux journalistes les plus avertis, inévitable, soudaient la défense. Et cependant, je percevais derrière nous comme un écho de cet appel à la mort qui montait sourdement du public et auquel nous refusions, presque physiquement, l'accès au jury. De Claude Buffet, les bras croisés, le col de sa chemise blanche échancrée, comme s'il attendait déjà le bourreau, émanait une silencieuse volonté de mort. Elle nous prenait à revers, comme de face celle de la foule qui piétinait au fond de la salle, où se pressait sur les gradins, ou grondait de temps à autre dans le vestibule, et dans la rue. Nous étions cernés. A nouveau, il fallait réagir, déchirer d'un grand éclat cette trame fatale qui nous enserrait. A nouveau, je me levai pour intervenir, tenter de briser le maléfice. L'occasion m'en était d'ailleurs donnée. Le seul témoin des meurtres, le détenu infirmier, venait d'arriver à la barre des témoins.

Avant lui, d'autres détenus de Clairvaux s'étaient succédé à la barre, pitoyables témoins cités par l'accusation. Ils étaient à l'infirmerie, lorsque Buffet et Bontems s'en étaient rendus maîtres. Ils avaient été bouclés par ceux-ci dans les cellules du bâtiment, et pour la plupart n'avaient rien vu. Ils n'en venaient pas moins dire à la cour et aux jurés quelques menaces proférées par Bontems à l'encontre du gardien, et surtout le bien qu'ils pensaient de l'infirmière. Ils étaient conduits entre deux gardes à la barre, vêtus de la bure pénitentiaire. Pour la plupart, ils ne pouvaient prêter serment, ayant été condamnés à des peines criminelles. Mais plus que cette incapacité, ce qui les distinguait, c'était l'impression qu'ils donnaient de venir là, comme en mission, pour dire ce qui avait à l'avance été arrêté qu'ils diraient. Et rien de plus. Non que ce qu'ils déclaraient parût faux ou inventé. Car ils ne donnaient pas l'impression de mentir. Mais on les sentait emprisonnés dans toute la force du terme, dans un cercle invisible dont ils ne devaient pas sortir. Un instant, j'imaginais l'un d'entre eux se tournant vers la salle, la foule, les journalistes, la défense et leur disant : « Je vous ai dit ce que je pensais de cette infirmière qui était bonne et de ce gardien qui n'était pas méchant. Maintenant, je vais vous dire ce que c'est que Clairvaux, pour qu'on sache ce que c'est que notre vie. Je serai pour cela puni, peut-être pire. Mais ça m'est égal. Dussé-je en crever, je veux que vous sachiez tout. Pour que vous ayez honte, vous les honnêtes gens, devant moi, le criminel. » Mais je savais bien qu'ils ne diraient rien, qu'aucun d'entre eux ne parlerait. Et nous, les avocats, nous n'avions pas le droit de leur poser les vraies questions. A les voir ainsi faire leur petit tour, leur petit discours, entre leurs gendarmes, dans cette enceinte de justice, où il aurait fallu tout dire de ce que devient la justice, quand elle cesse d'être cérémonial pour s'accomplir, jour après jour, année après année, dans les maisons centrales, j'éprouvai une gêne d'être ainsi, moi avocat en leur présence, en cet instant, et de me taire.

A vrai dire, je ne sentais rien de tel en écoutant déposer le détenu infirmier. Il était prudent, circonspect, habile en ses propos comme un chat en sa démarche. Il disait juste ce qu'il fallait pour confirmer les déclarations qu'il avait faites à l'instruction, et qui accablaient Bontems. Mais sans jamais aller jusqu'à dire : « J'ai vu Bontems égorger l'infirmière. » Sans doute déclarait-il qu'il avait à l'instant de l'assaut été rejoint par l'infirmière près de la fenêtre, où il se tenait avec le gardien. Bontems serait alors arrivé, aurait entraîné l'infirmière dans le fond de la pièce. Et là, tandis que Buffet surgissait le poignard à la main, il aurait vu l'infirmière tomber à genoux sur le matelas jeté là par les mutins et Bontems derrière elle, levant la main en un geste qui s'achevait en sa direction. Mais il se gardait de dire qu'il avait vu Bontems l'Opinel à la main et moins encore qu'il avait vu Bontems frapper. Sa version n'en contredisait pas moins celle de Bontems. Il fallait bien que de Bontems ou du détenu infirmier l'un des deux mentît.

J'avais longuement étudié les dépositions de l'infirmier. Entre la première version faite immédiatement après le drame, et sa dernière déclaration à la police, les accusations contre Bontems s'étaient faites plus graves et plus précises. J'avais là l'occasion d'enserrer le témoin dans quelques contradictions. Mais elles ne portaient que sur des points qui n'étaient pas décisifs. Ces avantages-là ne pouvaient suffire à disqualifier le détenu infirmier aux yeux des jurés. Il me fallait plus.

Sans doute, j'avais relevé que, par un étrange parallélisme, les soupçons qui étaient inscrits dans le premier rapport de police sur la complicité du détenu infirmier après sa première déposition, la moins grave pour Bontems, se trouvaient dissipés à son avantage après cette dernière déclaration, qui accablait Bontems. Cette évolution était singulière. Mais elle ne suffisait pas non plus à anéantir les déclarations initiales du détenu infirmier. Je sentais qu'il faudrait plus à l'audience que l'évocation de pressions policières possibles pour convaincre les jurés que le détenu infirmier mentait en accablant Bontems.

En l'entendant déposer, avec juste ce qu'il fallait de réserve pour ne pas accuser absolument Bontems, tout en servant, comme il convenait, l'accusation, je mesurai que j'avais affaire là à forte partie. Je savais bien qu'il faudrait jeter le doute sur ce qu'avait été réellement sa participation dans l'affaire. Mais ce doute-là, j'attendais des témoins ultérieurs qu'ils le fassent naître, en le dépeignant prêtant aide et assistance aux deux mutins pendant la longue journée. Attaquer directement le détenu infirmier sur ce point ne pouvait qu'entraîner une réaction dangereuse. Il lui suffisait d'affirmer, ce qu'il n'avait jamais osé faire, avoir vu effectivement Bontems porter un coup de son couteau à l'infirmière, pour provoquer, dans l'esprit des jurés, une impression décisive. La seule tactique possible, me disais-je, en l'observant, calme, précis jusque dans l'omission voulue de certains détails dangereux pour lui, était de faire naître à son égard un certain scepticisme, d'amener les jurés à soupçonner qu'il ne pouvait dire la vérité, parce que la vérité était pour lui dangereuse.

Je commençai par poser de ma place quelques petites questions, anodines, comme s'il ne s'agissait après tout que d'obtenir des précisions mineures d'un témoin sans grande importance. Les réponses jaillissaient avec précision, sans agressivité ni gêne apparente, sans que le détenu infirmier parût le moins du monde troublé. Le gaillard était fort. A l'évidence, je ne pouvais m'en tenir à cet échange à distance. Je quittai le banc de la défense et, comme la veille, traversai la salle, rapidement, pour me placer devant l'avocat général, à côté du plan des lieux. Je savais en effet que c'était seulement de très près, en ne lui permettant pas de détourner le regard, fût-ce un instant, que je pourrais peut-être amener le détenu infirmier à se troubler, à perdre pied. A quatre mètres, il est aisé de mentir à qui vous interroge. A moins d'un mètre, l'œil du menteur cille toujours, et le menteur l'éprouve.

A nouveau, mais sans insister, je cherchai l'ouverture. En vain. Avec habileté, il refusait le combat, ne répondait que par monosyllabes. Je tentai de le mettre en contradiction avec ses dépositions à l'instruction. En vain. Il esquivait avec aisance, se confinant dans ses propos évasifs. « C'est possible. » « Ce n'est pas sûr. » « Peut-être. » Et je sentais qu'il échappait à toutes mes prises.

Il fallait forcer l'ouverture. Je changeai de ton, de rythme. Question après question se succédaient : sur sa place, sur celle de chacun, sur la fenêtre ouverte ou fermée, sur l'éclairage à cette heure-là, sur la durée de l'assaut. Rien n'y faisait. Je m'usais à tenter d'entamer la surface lisse de ses réponses. Alors sentant qu'il fallait jouer le tout pour le tout, je lui fis à nouveau dire que c'était Bontems qui avait bondi sur l'infirmière, l'avait brutalement tirée en arrière, qu'elle était tombée à genoux. Et l'interrompant à cet instant, m'approchant de lui à le toucher, emporté par une sorte de colère à sentir que cet homme-là, qui pouvait m'aider à sauver Bontems, mentait parce qu'il y voyait son intérêt et que je ne pouvais mettre son mensonge à nu si grande était son habileté, je lui jetai de toutes mes forces à la volée : « Mais vous ne pouvez pas dire que vous avez vu Bontems la frapper de son couteau, n'est-ce pas ? » Je le sentis hésiter. J'avais l'impression, maintenant, qu'il ne pouvait plus m'échapper. J'avais tort. Car il se ressaisit. Se tournant vers les jurés, il dit simplement, d'une voix calme qui devait contraster avec la violence de mon ton, et me desservir d'autant : « Mais, je vous l'ai déjà dit, maître. » Au soupir que je perçus, plus que je ne l'entendis, venant du fond de la salle, je sentis que j'avais perdu l'avantage. Je relançai aussitôt : « Donc, si je dis que Bontems ne l'a pas frappée, vous ne pouvez pas dire le contraire ? » Je mesurai en prononçant ces mots le péril où je m'étais engagé. Il lui suffisait de répondre : « Mais si. Je n'ai pas vu le coup, mais j'ai vu le geste, et je pense que c'est lui qui a donné le premier coup. » L'impression que je redoutais tant était faite. Mais il ne répondit pas. Il me regarda simplement et je le vis sourire, d'un sourire légèrement ironique, qui exprimait que tout ce que je tentais là lui paraissait dérisoire, et que ce n'était certes pas pour lui le lieu ni le moment de dire ce qu'il savait. Je rompis aussitôt comme je pus. Je me retournai vers les jurés. « La cour appréciera ce sourire. Il en dit plus que les propos du témoin. » Mais l'assaut avait échoué, je le mesurais bien. Nous repartîmes chacun de notre côté, lui entre ses deux gendarmes, moi vers ma place. J'avais perdu cette manche-là. Je me rassis et entendis sans plus intervenir les derniers témoins de l'accusation. Quand l'audience fut levée, dans la lassitude de tous, je me tournai vers Bontems pour lui dire au revoir. « Ça va mal, maître », me dit-il, et ses paupières battirent plus nerveusement. Je ne protestai pas. Je préférai lui dire : « C'est vrai. Demain ce sera notre grand jour, vous verrez. » Il me sourit, je lui avais fait au moins plaisir. C'était tout ce que je pouvais faire encore pour lui ce soir-là. Je revins à l'hôtel avec Philippe, sans parler. J'appelai ma femme aussitôt. Je lui demandai de venir le lendemain. Je m'étendis dans la chambre chaude et noire. Tout allait mal.

Je me levai très tôt ce matin-là. Il me fallait avoir l'impression que je travaillais à la défense de Bontems. Je savais que cette troisième journée serait décisive. L'audition des témoins ne devait pas s'achever sans que nous ayons fait naître chez les jurés la conviction que Bontems n'avait pas tué l'infirmière. Un torrent d'éloquence devait s'écouler le dernier jour. Partie civile et avocats généraux allaient requérir toute la matinée. La défense plaider tout l'après-midi. La lassitude des jurés était prévisible. Renverser par un discours, aussi rigoureux et passionné fût-il, une conviction déjà acquise pour en faire adopter une autre, diamétralement opposée, me paraissait chimérique. Il fallait donc qu'en quittant à la fin de ce troisième jour la salle d'audience, les jurés et la cour aient au moins le sentiment que

Bontems avait dit la vérité et qu'il n'avait pas frappé de son Opinel les otages. Le doute sur ce point ne pouvait suffire. Car le doute dans cette atmosphère de mise à mort ne le sauverait pas.

Tout allait donc se jouer avec l'audition des experts. Je repris encore une fois les rapports successifs, et d'abord le rapport annulé et interdit à la défense. Je revisai à nouveau mes questions. En réalité, c'est moi-même que je préparais pour le grand assaut.

Philippe Lemaire fit irruption dans ma chambre. Le médecin-chef de Fresnes lui avait confirmé qu'il acceptait de témoigner et qu'il serait l'après-midi même à Troyes. La nouvelle était heureuse.

Bontems nous avait dit en effet qu'à l'hôpital de Fresnes où il avait été transporté, en même temps que Buffet après le lynchage qui avait suivi l'assaut, il avait été interrogé, pour la première fois dans sa cellule, immédiatement après avoir repris connaissance, par deux hommes qui n'étaient ni policier, ni juge, ni procureur. Or de cet étrange interrogatoire, parfaitement illégal, aucune trace ne figurait dans le dossier. Pas la moindre note, pas le moindre procès-verbal. Mais comment prouver que cet interrogatoire avait eu lieu ? Bontems, à la veille de l'audience, s'était enfin souvenu qu'un médecin était présent, à ce moment-là, dans sa cellule. Philippe Lemaire avait alors joint le médecin-chef de Fresnes, qui lui avait confirmé le fait et dénoncé l'identité des mystérieux visiteurs. Il s'agissait de deux fonctionnaires de l'administration pénitentiaire. L'incident était révélateur, et son omission au dossier plus encore. Mais l'essenticl était ailleurs que dans cette violation des droits de la défense. Bontems ainsi questionné à l'improviste, sans être assisté d'un avocat ni rien connaître du dossier, avait déclaré à ces visiteurs qu'il était innocent de la mort des otages. Et Buffet lui-même, interrogé par les mêmes personnages, avait dit à ses visiteurs : « L'infirmière, ah ! nom de Dieu... » Etait-ce l'expression d'un regret, à la pensée qu'il avait été contraint d'en arriver là, par la sottise de ces hommes qui avaient méconnu que ce que Buffet promettait de faire était toujours accompli par Buffet, quoi qu'il dût en résulter pour les autres et pour lui ? Ou le « Ah ! nom de Dieu » était-il la plainte secrète, la seule possible pour cet homme si totalement insensible en apparence ? L'important pour nous était qu'à ce premier instant après le crime, Buffet, parlant du crime, n'avait pas nié avoir tué l'infirmière et n'avait pas accusé Bontems d'avoir frappé celle-ci. Ces interrogatoires, dérobés à la justice et en particulier à la défense, devenaient, par un renversement des choses, une arme utile à la défense de Bontems. Le témoignage du médecin de Fresnes, établissant ces faits, devait faire une impression très forte sur la cour. Nous décidâmes aussitôt qu'il fallait attendre le terme de l'audience pour produire ce témoignage et se garder de l'annoncer plus tôt. Ainsi la surprise serait totale pour l'accusation. Et l'effet plus utile encore pour la défense.

L'annonce de ce renfort nous rendit sinon l'optimisme, au moins la conscience que la partie n'était pas jouée. Nous retournâmes au Palais.

A l'audience de ce troisième jour, j'eus très vite l'impression que notre procès avait changé ou plutôt qu'il était suspendu, qu'on avait arrêté le procès Buffet-Bontems, pour lui substituer, le temps d'une matinée, le procès de Clairvaux, le procès de l'administration pénitentiaire. Et sans doute, n'était-il pas possible de comprendre comment l'on en était arrivé à la prise et à la mort des otages de Clairvaux, si l'on ignorait ce qu'était Clairvaux. Pas plus qu'il n'était possible de comprendre les accusés Buffet et Bontems si l'on ignorait ce qu'avait été pour eux la condition pénitentiaire. Pourquoi ces deux hommes s'étaient-ils résolus à assumer tous les risques de cette tragique entreprise, y compris celui d'être abattus à tout moment de son déroulement, sinon parce qu'ils étaient désespérés ? En particulier, Bontems, condamné à vingt années de réclusion, jeune encore, pouvait espérer retrouver dans sa maturité la liberté. Qu'est-ce qui avait donc fait que cet univers pénitentiaire lui était devenu insupportable ?

Pour Buffet, le choix rejoignait en son terme ceux qui avaient choisi de s'évader des prisons par le suicide. Le risque d'échec n'existait pas pour lui. De toute manière, il était assuré d'échapper au monde carcéral. Libre ou mort, il serait dans les deux cas victorieux de la prison. Il aurait imposé sa loi, sa volonté, à ces hommes qui lui refusaient d'avoir encore une volonté, de pouvoir encore choisir sa vie — ou sa fin. En défiant ainsi, de façon éclatante, le pouvoir pénitentiaire, il l'abolissait à sa manière. Je pensais que juges et jurés n'entreraient pas dans le dédale de cette logique qui leur paraîtrait délirante ou terrifiante, ou les deux à la fois. Mais je demeurais convaincu qu'au moins la connaissance de ce qui se passait à Clairvaux les aiderait à mieux juger, si juger c'est d'abord tenter de comprendre l'autre, celui qu'on juge.

Je me trompais. Non que la réalité pénitentiaire ne les intéressât point. Ils donnaient, au contraire, tous les signes de l'attention. Mais à l'évidence entre la condition des détenus, leurs suicides, leurs révoltes, toujours achevées par une impitoyable répression, et le procès qu'ils avaient à juger, il n'y avait pour eux aucune relation. Les crimes de Buffet et Bontems ne s'inscrivaient pas sur cette trame d'humiliation, d'absurdité et de désespoir, que constitue la réalité pénitentiaire.

Les dépositions qui se succédaient à la barre donnaient à cette audience une dimension nouvelle, la plus rare dans une enceinte de justice : celle du courage. Ces hommes qui témoignaient avaient le courage de leur vérité. Je regardais ce juge, hier encore chargé de l'application des peines, dans le ressort de Troyes dont dépendait Clairvaux. Il avait mesuré ce qui se passait là-bas, décelé les menaces, annoncé les périls. Que faire quand on est un juge inquiet, sinon écrire au garde des Sceaux un rapport pour lui dire ce que l'on sait, ce que l'on craint ?

C'était en février 1971. « Il y aura, disait ce juge, si l'on n'y prend garde ou n'y porte bientôt remède, à Clairvaux des crimes affreux et sans doute des prises d'otages. » Le juge avait été convoqué à la chancellerie, reçu par le garde des Sceaux qui l'avait félicité, puis adressé au directeur de l'administration pénitentiaire, directement compétent. A l'évocation d'une prise d'otages, ce haut fonctionnaire dont la mise et les manières trahissaient une volonté d'élégance, avait simplement répondu : « Qu'ils essaient et ils verront. » En attendant, le juge inquiet fut déchargé du soin de veiller à l'application des peines, pour lequel il n'était à l'évidence pas fait, et détaché aux baux ruraux auxquels son expérience le désignait sans doute. Ce magistrat n'en avait gardé ni dépit ni ressentiment. Il savait que sa déposition, à la requête de Buffet et Bontems, serait accueillie sans faveur en haut lieu. De quoi se mêlait-il ? Il ne s'agissait pas de dénoncer Clairvaux, mais bien de condamner deux détenus, deux assassins. La place d'un juge n'était pas à la barre des témoins, cités par la défense. Quand on est juge, on reste, n'est-il pas vrai, du côté de ceux qui jugent ? Cet homme jeune, grand, aux traits tirés, disait d'une voix calme des choses étonnantes, parfois affreuses. Il était au-delà de la crainte révérentielle, des vanités, de l'ambition. Il aimait la justice de la seule manière possible : en la servant à sa place, de toutes ses forces quoi qu'il dût lui en coûter. J'observai Buffet, toujours impassible, mais dont le regard était fixé sur ce juge. Pensait-il à cet instant à une justice que cet homme laissait entrevoir, que sa seule présence et ses propos rendaient crédible, une justice moins soupçonneuse des autres qu'inquiète d'elle-même, une justice qui après avoir puni ne serait pas indifférente au sort de ceux qu'elle aurait condamnés ? Une justice qui n'aurait pas perdu l'amour des hommes ? Ou bien voyait-il en ce juge un naïf, un égaré, ou pire encore, un hypocrite servant avec mauvaise conscience mais à sa place une institution qu'il devait par moments détester ? Pour moi, ce juge, en cet instant, à cette barre des témoins, en ce procès, était le signe vivant de ce que la justice n'est pas, ne peut être, ce bloc répressif qu'imaginent à tort tant d'esprits schématiques. Les juges ne sont pas différents des autres hommes. Ils sont divers, partagés, contradictoires, comme toute collectivité, corporation ou confrérie humaine.

L'essentiel, en cet instant, était en tout cas que ce juge fût là ; qu'il se fût trouvé un juge dans le ressort de Clairvaux, avant même que le drame éclatât, pour se pencher sur cet enclos pénitentiaire et dénoncer — même en vain — ce qui s'y passait d'affreux et ce qui allait advenir d'horrible. Même si sa lutte et ses avertissements n'avaient servi à rien, puisque les otages étaient morts et que ces deux accusés allaient peut-être mourir à leur tour, il demeurait qu'il avait, lui, mené le bon combat. S'il n'avait pas réussi ce n'était point de son fait, mais parce qu'il s'était heurté à cette opacité, à cette pesanteur répressive séculaire qui fait de l'univers carcéral un monde clos, qui échappe à la justice, son fournisseur plus que son maître.

L'homme qui lui succéda à la barre était de la même qualité humaine. Je ne le connaissais pas, sauf de réputation. Il avait, après la guerre, dédié sa vie à la réforme des prisons. Il avait dirigé des centrales. Puis assumé des responsabilités régionales dans l'administration pénitentiaire. Certains détenus lui devaient, non seulement d'avoir recouvré plus tôt la liberté, mais de n'avoir pas perdu dans les prisons leur dignité et d'avoir pu se faire, enfin, à leur libération une vie d'homme, comme les autres. Sans doute s'interrogeait-il au terme de ces années sur la finalité ou l'utilité de tant d'efforts. Il devait connaître, lui aussi, ces soirs de doute où tout homme de justice se demande si, après tout, il n'a pas aussi été le complice d'un système qu'il voulait transformer, contre lequel il a lutté mais dans lequel, vaille que vaille, il a fini par s'intégrer. Les mains crispées sur la barre, lui qui avait vécu la tragédie de Clairvaux, il répondait, sans passion, d'une voix assourdie aux questions que lui posait la défense. Il n'accusait, il n'accablait personne. Simplement à travers ses réponses, transparaissait le caractère inéluctable, presque fatal de la prise d'otages et de leur fin tragique. Clairvaux portait en soi, par les conditions mêmes de vie et de travail des détenus, par ce mélange singulier de laisser-faire et d'excès répressif des autorités pénitentiaires, le germe du soulèvement, la certitude d'une violence mortelle. Cet homme avait dû pressentir, déceler l'approche de l'inévitable. Sans doute, comme le juge de l'application des peines, avait-il dû en aviser ses supérieurs, tenter de faire passer par l'impitoyable et dérisoire filière hiérarchique son angoisse. Elle s'était figée dans les dossiers, cristallisée dans des rapports sans éveiller d'écho. Il est difficile de jouer les Cassandre dans l'Administration. Il est amer pour un homme de cœur d'avoir eu raison, quand le désastre annoncé est consommé. Cette amertume, cette douleur plutôt, transparaissait dans chacune des phrases, qu'avec réticence laissait tomber cet homme. Oui, il y avait eu des morts à Clairvaux. — Oui, c'étaient des détenus. — Oui, lors d'une tentative d'évasion par les égouts, on avait ouvert les vannes. — Oui, on avait frappé sans merci les détenus qui avaient voulu s'évader. — A la question « On avait voulu faire un exemple ? » il ne répondit pas. A quoi bon ?

Celui qui vint ensuite avait spontanément demandé à témoigner. Il avait la veille à cet effet pris contact avec les avocats de Buffet. C'était un ancien détenu de Clairvaux, mis en liberté conditionnelle. Maigre, jeune, aux traits durcis, il se tenait très droit à la barre. D'une voix calme, aux intonations par moments assourdies, il disait ce qu'avait été sa vie pénitentiaire. En l'écoutant je pensais qu'il était l'anti-Buffet, l'anti-Bontems. Non pas qu'il ait jamais accepté sa condition. Au contraire, comme eux, il l'avait refusé totalement, il avait refusé de devenir ce sous-homme, à la fois docile et cruel, résigné et dangereux que forge la vie pénitentiaire. Mais s'il avait, lui aussi, choisi d'échapper à sa condition, ce n'était pas en tentant désespérément d'imposer aux autres sa volonté, par la violence et la peur. Il avait au contraire choisi de forcer cette prison en la niant, par la seule force d'une volonté tout entière tournée vers l'intérieur, vers la transformation de lui-même. Il avait, au prix d'une véritable ascèse, entrepris des études, que l'Administration considérait avec hostilité, puisqu'il s'agissait d'études de droit. On lui avait interdit certains livres nécessaires, refusé d'employer certaines heures à l'étude plutôt qu'à des besognes absurdes. Heureusement, sa ténacité l'avait emporté. Elle avait suscité l'intérêt de ceux qui, au sein de l'administration pénitentiaire, ne croient pas que la prison doive être ce lieu clos, retranché du monde, où des hommes sont retenus à l'écart des autres hommes, comme s'ils ne devaient jamais les retrouver. Ainsi, au long des années, et d'un combat obscur contre les autres et contre lui-même, ce détenu avait-il passé ses examens, et enfin obtenu sa libération conditionnelle. Maintenant, il travaillait, il vivait, il aimait comme les autres hommes. Il était l'exemple vivant, réalisé, de ce que devrait accomplir un système judiciaire visant à ramener le délinquant, le criminel, dans la communauté, non à l'en écarter, à l'en isoler comme un chien malade. Cet ancien détenu à cet instant, montrait à ces désespérés dans le box et à ceux qui les entouraient de cette haine frémissante que tout était possible. A ce titre il témoignait d'une certaine manière en faveur de l'administration pénitentiaire. Mais comme en même temps il racontait ce qu'avait été son combat, la peine mise à vaincre la pesanteur de cette machine répressive, sa déposition accablait ceux-là mêmes qui auraient pu invoquer son exemple pour justifier l'état de choses existant. Sa victoire rendait plus intolérable encore la condition de la masse des autres détenus, qu'il évoquait sans complaisance, mais sans émotion, comme l'on se doit de traiter de faits, indiscutables, et qu'il suffit de rappeler. Son témoignage y gagnait encore en rigueur. Il devenait, dans sa froideur même, un réquisitoire passionné contre ce système à faire des sous-hommes — qu'est notre institution pénitentiaire. Il était bon que ce procès en fût marqué.

Toute audience est imprévisible. Comme une bataille ou un rendez-vous longuement préparés et qui démentiraient toujours les plans minutieusement arrêtés, les tactiques finement polies. Tout avocat, avant l'audience, joue, dans le silence de son cabinet, au Kriegspiel judiciaire. Puis vient l'heure de vérité.

J'avais, croyais-je, tout prévu, et préparé toutes les éventualités. Vingt fois j'avais analysé les rapports des experts qui avaient étudié l'origine des plaies à la gorge de l'infirmière. J'avais relevé, dans le dernier rapport, le seul que la loi m'autorisait à invoquer, tout ce qui pouvait établir un doute profitable à Bontems. Mais je ne pouvais m'en tenir à ce doute. Il était devenu nécessaire que les jurés sachent que les experts avaient formellement dans leur premier rapport, après avoir procédé à de multiples simulations de plaies sur un cadavre avec les deux couteaux, exclu la possibilité que l'Opinel de Bontems ait jamais atteint l'infirmière. Et je savais bien qu'il faudrait arriver à ce que cela soit dit, clairement, à l'audience. Je pensais que les experts le feraient, à condition que la défense les y menât pas à pas par ses questions. Sans doute l'avocat général tenterait-il de s'y opposer. Mais je me disais que les experts en une telle circonstance ne pourraient faire autrement que de rappeler la suite de leurs expériences et leurs conclusions. A moi, d'en tirer alors l'avantage.

J'avais donc mis au point minutieusement ma grille de questions. Je l'avais encore étudiée entre l'audience du matin et celle de l'après-midi. Toutes les réponses possibles, et les répliques de ma part à ces réponses, je m'étais efforcé de les prévoir et d'y pourvoir. Et maintenant, l'assaut allait commencer. L'huissier était allé chercher le premier expert, le docteur X...

L'après-midi, jusqu'alors, ne nous avait pas été défavorable — au contraire. Des gardiens étaient venus dire qu'ils avaient vu le détenu infirmier, libre de ses mouvements et prêtant main forte aux accusés. L'accusation, au lieu de laisser glisser ces propos, en manifestant une ostensible indifférence à ce qu'elle pouvait déclarer être un détail sans importance, avait choisi de contrebattre ces témoignages. Le procureur s'en était même pris à un gardien pour tenter de lui faire dire que c'était peut-être Bontems et non le détenu infirmier qu'il avait aperçu, du haut du toit d'où il surveillait l'infirmerie. Le gardien, irrité de voir son témoignage mis en doute, avait répété plus fermement encore son propos. Du coup, l'intérêt des jurés s'était réveillé, à l'égard du détenu infirmier. Un juré avait même pris l'initiative de demander au président de poser quelques questions complémentaires au gardien, qui renchérissait encore sur l'attitude complaisante du détenu infirmier à l'égard de Buffet et de Bontems. Ainsi, sans que la défense ait eu même à intervenir, un certain doute avait envahi les jurés sur le rôle exact du détenu infirmier dans toute cette affaire. Sa déposition de la veille, dont j'avais si profondément ressenti le péril pour Bontems, paraissait à présent équivoque, presque suspecte.

Quelques gendarmes s'étaient succédé ensuite à la barre pour donner des précisions déjà connues sur les circonstances de l'assaut. Leurs dépositions s'étaient déroulées dans l'indifférence générale. Dans tout procès s'inscrivent ainsi des temps morts, des plages d'ennui ou de grisaille, où l'attitude de chacun, juges, procureurs, avocats semble affirmer qu'il se trouve là par hasard ou par routine, mais que ce qui se passe là ne le concerne pas, que ce débat n'est pas le sien. C'était d'ailleurs vrai à cet instant pour moi. Avant l'affrontement décisif, il ne fallait pas intervenir, au risque de se disperser. Je m'efforçais au contraire de me détacher, de m'abstraire de ce qui se passait. La concentration, cette espèce de silence intérieur qui assure la disponibilité la plus grande de toutes les forces, est aussi nécessaire au succès de l'avocat qu'à celui de l'athlète en compétition.

Mais, tandis que l'huissier tardait à revenir, je sentais que mon impassibilité n'était qu'un masque. Ma tension intérieure était extrême, excessive même. Il faut prendre une certaine distance pour frapper juste et fort. J'avais éprouvé bien des fois que l'emportement à l'audience pouvait ruiner l'assaut le mieux préparé. Aussi m'exhortais-je intérieurement au calme.

Le docteur X... parut enfin. Il portait cheveux gris, lunettes, décoration, tout ce qui rassure et impressionne les jurés. D'une voix unie, il commença sa déposition. Etait-ce seulement par souci de précision ? On avait placé un grand dessin, sur le chevalet placé à côté de l'accusation, représentant en couleurs le visage et le cou de l'infirmière, et la plaie béante. A la demande du président, l'expert reprit son propos devant ce chevalet. Je l'écoutais avec une attention passionnée et bientôt stupéfaite. A mesure qu'il parlait, je constatais qu'il ne laissait guère de place au doute pour les jurés. Ils ne pouvaient à l'entendre que conclure que c'était bien Bontems qui, en s'acharnant dans la plaie ouverte avec son Opinel, avait égorgé l'infirmière. Pas un mot, pas une allusion à la première expertise qui innocentait Bontems. Or, ces constatations, ces expériences, c'était bien cet homme-là qui les avait faites. Sans doute, juridiquement, le rapport devait être considéré comme n'ayant jamais existé. Mais en fait, ces reconstitutions avaient eu lieu et leurs conclusions innocentaient Bontems. Et maintenant, cet expert, alors qu'il y allait de la tête de Bontems, les ignorait totalement. Je vivais un cauchemar. Enfin, il se tut. L'avocat général s'empressa de faire savoir qu'il n'avait pas de question à poser au témoin. Le président se tourna vers nous. Je me levai. Je m'appuyai des deux mains à mon pupitre. Je m'appliquai même à sourire, comme pour faire savoir à cet homme que je comprenais bien qu'il attendait mes questions pour faire connaître aux jurés la face cachée des choses, celle qui innocentait Bontems. Mais ma voix me parut étrangement rauque au moment où je posais mes premières questions. Il répondait avec aisance. A mesure que ce contre-interrogatoire s'avançait, je mesurai que chacun de ses propos, loin de laisser entrevoir ce que nous savions lui et moi fort bien, ne tendait qu'à confirmer que c'était bien Bontems qui avait frappé mortellement l'infirmière. Je sentis qu'il fallait arrêter là cet interrogatoire, cesser de jouer ce jeu dont les règles allaient être fatales à Bontems. Le moment était venu de rompre la partie. Je m'arrêtai net. Et me retournant vers le président, je lui demandai de suspendre l'audience, car je désirais m'entretenir avec la cour. Je perçus un murmure d'étonnement. Le président acquiesça. Je sortis aussitôt avec Philippe Lemaire.

Dans le bureau du président, il faisait chaud. Des fenêtres ouvertes montait la rumeur de la foule, massée autour du Palais. L'entretien fut bref. Je dis au président que j'avais espéré que l'expert révélerait à la cour les données de la première expertise. Or non seulement il les avait tues, mais pis encore, avait aujourd'hui conclu en sens opposé. Vainement avais-je essayé d'obtenir de lui par mes questions une attitude différente, qui laissât au moins la place au doute. Sans doute le premier rapport avait été annulé, et la loi m'interdisait d'en faire état, mais en présence de l'attitude de l'expert, ma voix était tracée et ma décision prise. Si, à la reprise de l'audience, l'expert conservait la même attitude, je révélerais publiquement, à la cour et aux jurés, l'existence et les conclusions du premier rapport. Le président me dit qu'il comprenait mon cas de conscience, mais qu'il était de son devoir d'appliquer la loi. Elle prévoyait des peines disciplinaires contre l'avocat qui ferait état d'une pièce annulée par décision de justice. Je lui répondis que comme lui je connaissais le texte, mais que ce n'était pas un cas de conscience pour moi. Je n'avais pas le choix. C'était aussi simple que cela. Nous nous séparâmes courtoisement et je regagnai ma place. Ce qui allait se passer, je le savais, ne dépendait plus de moi.

L'audience fut reprise dans un grand

silence. En face de moi, de l'autre côté de la salle, l'expert était toujours debout, devant la planche anatomique, avec sa plaie béante. Je repris le cours de mes questions, d'une voix d'instant en instant plus sourde. J'avais le sentiment d'une sorte de vide immense autour de moi, comme si j'avais été seul au milieu d'une place déserte, dont les murs auraient renvoyé comme un écho mes paroles déformées. J'entendais bien l'expert me répondre, mais ses réponses n'étaient pas celles que j'attendais, que je guettais encore. Cette expertise décisive et annulée, il avait décidé d'en taire le contenu aux jurés. Et son refus, son silence perdaient Bontems plus sûrement que les accusations de l'avocat général. A poursuivre ces questions auxquelles il se dérobait avec aisance, je sentais que je perdais pied, que les jurés se demandaient pour quelle raison je m'obstinais à vouloir faire dire au témoin autre chose que ce qu'il avait dit. Encore quelques instants, et j'allais leur paraître un chicaneau qui, faute de moyens sérieux, se réfugie ou se perd dans des controverses de détail. Je sentais monter en moi une véritable fureur, contre cet expert qui se refusait à dire ce qu'il savait, qui se soumettait si aisément à l'injonction de la prescription légale, alors qu'il y allait de la tête d'un homme.

Je repris souffle un instant. Et n'y tenant plus, je lui jetai la question : « Est-ce que vous n'avez pas procédé antérieurement à d'autres opérations d'expertise, qui auraient abouti à d'autres conclusions ? » Il n'avait pas eu le temps de répondre que déjà l'avocat général brandissant le dernier rapport clamait qu'il n'y avait que celui-ci au dossier. Le président intervenait à son tour, me rappelant ce qu'il m'avait dit dans son cabinet. Mais je sentais l'attention des jurés brusquement en éveil. Je répétai la question, d'une voix forte, couvrant celle de l'avocat général, vers lequel se tournait l'expert, comme pour lui demander ce qu'il fallait faire en pareille circonstance. A vrai dire, je n'en pouvais plus, il fallait que tout fût dit, que les jurés sachent à quoi s'en tenir. Vainement le président me rappela à l'ordre. Je lui répliquai, quand d'un coup, à la stupéfaction générale, Bontems bondit sur ses pieds, empoigna le micro et de toutes ses forces, d'une voix stridente, hurla à l'expert : « Moi, je l'ai lu, docteur, votre premier rapport, et voilà ce que vous avez écrit. » Et tirant de sa poche un bout de papier froissé, il lut — ou plutôt cria — les conclusions du rapport annulé qui l'innocentait. Le tumulte était à son comble. L'avocat général s'exclamait que le rapport était nul. Je criai aux jurés qu'il avait été annulé pour vice de forme mais que ses conclusions demeuraient, et qu'on voulait, au nom de règles de procédure, leur taire la vérité, les faire juger dans l'ignorance. Bontems, ne mesurant plus la portée de ses propos, couvrit ma voix pour crier aux jurés : « C'est vrai. On veut m'assassiner. » Venant de lui en cet instant, l'exclamation avait quelque chose de pathétique, mais pour ceux qui pensaient aux victimes, c'était à la limite de l'odieux. Je perçus quelques ricanements qui venaient du public. Alors, sentant qu'il fallait maintenant tout dire, et que l'incident devait aller à son terme ou nos chances s'engloutir, j'empoignai le rapport annulé et le brandissant devant les jurés, de toute ma voix, j'entrepris d'en relire les conclusions. Le président, à son tour, hors de lui, me rappela à l'ordre à nouveau, et évoqua la menace des mesures disciplinaires à mon égard. Mais peu m'importait à cet instant, il me fallait, physiquement, clamer cette vérité qui m'étouffait, à ce jury, à ces hommes. Dans un mouvement d'éloquence, dont je devais ensuite regretter l'emphase, je répondis au président que rien ne pourrait me faire taire, qu'en vingt années de vie professionnelle, je n'avais jamais encouru de sanction, mais que plus jamais je n'oserais me présenter à la barre ou devant mes étudiants si en cet instant je me taisais. Et martelant du poing la barre, je scandai chacun des mots qui exonéraient Bontems du meurtre. Le président blême se leva, en suspendant l'audience. Il m'invita à comparaître devant la cour, statuant en matière disciplinaire. Je sortis avec Philippe Lemaire. Peu importait à présent ce qui allait se passer. L'impression produite sur les jurés était ineffaçable. Maintenant le jury, le public, la presse savaient tous qu'une première expertise avait établi que le poignard de Buffet avait seul servi à égorger l'infirmière. Le reste était indifférent à la défense.

« Ne t'y trompe pas, petit, nous autres avocats, sommes tous des tricheurs ou plutôt nous sommes en situation de tricheurs. Nous pensons, et mieux quelquefois, nous disons « nous » en parlant de notre client. Et c'est vrai qu'il est un peu nous-même. Son sort est devenu une part de notre vie. Le « nous » qu'à cet instant on prend pour du cabotinage est au contraire l'expression même de la réalité. Mais c'est un « nous » provisoire, intermittent, fugitif. L'audience s'achève, survient le verdict. Nous avons lutté, combattu, espéré ensemble. C'est lui seul qu'on condamne, qu'on entraîne. Le « nous » est dissipé. Les voies se séparent qui s'étaient rencontrées. A la lumière de cette séparation, le « nous » de tout à l'heure paraît ridicule. Pourtant, il a existé. Mais le malaise et l'impression de truquage le recouvrent. L'un parle et l'autre paie de sa tête, d'années, de mois de sa vie. Celui qui disait « nous » est celui qui ne risquait rien. Comme le vieux politique qui crie l'appel aux armes. Au fond, la défense ne devient totalement crédible qu'à l'instant où elle comporte un péril pour celui qui l'assume. Mais les règles du jeu sont bien faites. La défense n'est honnête qu'à la condition de les respecter. Et en les respectant, elle s'exerce sans risque. D'où l'impression de mensonge que nous donnons. J'ai toujours rêvé de la plaidoirie d'un avocat qui saurait qu'il va être condamné, emprisonné, exécuté avec son client. Quelle force aurait son propos ! Et quelle belle fin pour un avocat. Cet avocat-là mériterait d'être canonisé, d'être le saint de la confrérie, le saint défenseur, comme il y a des saints pécheurs ou voleurs. Mais ces satisfactions dernières nous seront toujours refusées. » Et mon maître de soupirer comiquement. « Tous les avocats n'ont pas la chance de Malesherbes, guillotiné pour avoir trop bien défendu son roi. L'heureux avocat ! Parfois, cependant, nous avons notre petite chance de salut. Bien sûr, à la mesure de notre médiocre destin. Parfois la fortune judiciaire ne nous tient pas quitte par un simple discours. Il nous faut sortir de l'abri, sauter le parapet, aller là où l'on peut recevoir aussi une balle perdue. Mais c'est alors seulement que l'avocat échappe au soupçon. Le risque qu'il encourt, même minime, donne à la défense une dimension nouvelle. L'avocat n'est plus suspect de jouer avec la vie des autres. C'est son sort aussi qu'il engage, aussi peu que ce soit. La note de la défense, pour une fois, c'est lui qui la règle, au moins pour partie. » Mon maître s'emportait : « Alors mon petit, dans ces moments-là, nous cessons d'être des rhéteurs, des saltimbanques, des vendeurs d'indulgences, de mauvais moines de la Renaissance. Ou plutôt nous le sommes encore, mais ça n'a plus d'importance. La défense nous a rachetés de nos petitesses, de nos vanités quotidiennes. Nous voilà sauvés, non pas *in aeternum,* mais le temps d'une audience. Pense à tous ceux qui n'auront jamais à l'audience la chance de s'éprouver. Et plains-les. »

Ce qui suivit était prévisible. J'avais d'emblée précisé au bâtonnier de Troyes que si la cour prononçait sur-le-champ contre moi une peine disciplinaire quelconque, fût-ce un simple avertissement, je quitterais immédiatement la barre. Non par orgueil ou par dépit. Mais un avocat sanctionné par des juges pour son comportement à l'audience est un avocat diminué et au-delà de lui la défense est atteinte par la sanction. Je ne pouvais l'admettre. En outre, j'estimais que mes actes relevaient de la seule appréciation de mes pairs, c'est-à-dire de l'Ordre des avocats de Paris, et non d'une cour dont j'avais bravé, par nécessité, les avertissements. Bien entendu, tous les avocats des accusés firent savoir qu'ils se solidariseraient avec moi, et se retireraient en même temps que moi. Le banc de la défense serait vide. Sans doute, la cour pouvait commettre des avocats d'office. Mais s'en trouverait-il pour accepter cette désignation en de telles circonstances ? J'en doutais. De surcroît, cette défense improvisée, face à une accusation bien préparée, qui allait requérir la peine de mort, ferait apparaître si clairement la volonté de perdre les accusés qu'il me paraissait impossible que l'on y recourût.

Discussions, tergiversations, négociations se déroulèrent ainsi pendant de longues minutes dans les dépendances de la cour, les bureaux de l'avocat général et du président. Retiré dans le vestiaire des avocats, je n'éprouvais rien d'autre qu'une certaine impatience. J'avais fait ce que j'avais à faire. J'aurais voulu simplement mesurer, sur le visage des jurés, l'effet produit. Ce long intermède m'impatientait. Je craignais que l'impression ne s'effaçât, et qu'à trop en différer l'issue, nous perdions le bénéfice de l'incident. Il aurait fallu pouvoir, presque sans attendre, enchaîner la suite des témoignages et en particulier entendre le médecin de Fresnes. Le temps qui s'écoulait jouait contre nous. Je rongeais mon frein.

Enfin, la cour me fit venir. Je comparus, en situation d'accusé, cette fois, dans le cabinet du président. Procès-verbal fut dressé, mes déclarations recueillies, et l'avocat général entendu. Une grande politesse enveloppait ces rites. L'atmosphère était moins tendue que guindée. Chacun s'exprimait d'un ton calme, dont le détachement confinait à l'affectation. Ce n'était plus le Palais, mais une sorte de club à l'heure d'un incident désagréable, que l'on réglait au mieux, entre gens du même monde. Nous en devenions tous vaguement ridicules. Je l'éprouvai intensément au moment où le président, après avoir lu à voix haute le procès-verbal, m'invita à signer. J'avais le sentiment de jouer à l'inculpé comme le président au juge d'instruction. J'étais gêné et irrité à la fois. La tension dramatique de l'affrontement à l'audience s'achevait en ces formalités dérisoires.

Je me retirai à nouveau, avec Philippe Lemaire devenu paradoxalement mon avocat. Mais cette fois, l'attente fut brève. L'huissier vint nous prévenir que l'audience allait reprendre. Nous regagnâmes nos places, salués par un frémissement de curiosité. Déjà la cour rentrait en scène. Debout, j'entendis le président donner lecture de l'arrêt. La cour me renvoyait devant la juridiction disciplinaire de mon Ordre. Elle apprécierait si j'avais manqué à mes devoirs. Pour l'heure, je pouvais poursuivre ma tâche. Philippe Lemaire se pencha vers moi et murmura, en amateur de rugby : « Essai marqué. » Sans ciller, je lui répondis : « A transformer. » Car le deuxième expert gagnait la barre des témoins. Mais dès ses premières phrases, je mesurai avec satisfaction que tout ce qu'il pouvait dire à présent sur la plaie et les couteaux avait cessé d'intéresser. Visiblement, la conviction de la cour et du jury était faite. Pour mieux marquer qu'à mes yeux, tout avait été dit, je quittai l'audience pendant sa déposition. Philippe Lemaire ne devait intervenir en aucun cas et ne poser aucune question. Il fallait que la défense manifestât à l'égard de telles dépositions un mépris de fer.

Expédié l'expert, parut enfin le dernier témoin du procès, le médecin-chef de Fresnes. J'attendais tout de sa déposition : qu'elle désarçonnât l'accusation, surprît la cour, ralliât les jurés à notre thèse. Etait-ce l'heure tardive ? l'épuisement des capacités d'émotion ou d'attention des jurés ? Rien de ce que j'avais espéré ne se produisit. Cet homme honnête raconta en termes précis ce qu'il avait vu et entendu : les interrogatoires clandestins à l'hôpital de Fresnes, les déclarations d'innocence de Bontems, celles de Buffet admettant avoir frappé l'infirmière. Tout cela, qui me paraissait essentiel, n'intéressait plus personne. Ces propos ne rencontraient qu'indifférence et lassitude. La dramatisation extrême qu'avait connue l'audience dépouillait par contraste de toute force un témoignage essentiel. Chacun entendit avec soulagement le président lever l'audience. Pour les avocats, l'épreuve la plus difficile demeurait. Demain il nous faudrait plaider.

Dans un procès d'assises, la plaidoirie n'est pas, selon moi, le moment où l'avocat sert le plus utilement la défense. Le corps à corps de l'audience, ses feintes, ses incidents forment les convictions des juges bien avant l'heure des plaidoiries. Sans doute, la plaidoirie donne une armature logique à ce qui est encore le plus souvent sentiments mêlés, simple intuition de la décision à prendre. La plaidoirie permet aussi à ceux qui jugent de savoir pourquoi ils vont juger comme ils ont, au fond d'eux-mêmes, déjà décidé de le faire. Elle rejoint par là le discours politique. Comme lui, elle ne déplace qu'exceptionnellement les votes. Mais elle justifie et rassure des convictions acquises. Au mieux la plaidoirie est révélation d'une conviction encore confuse. Au pis, elle ne sert à rien. Sauf à l'avocat.

Car pour l'avocat, la plaidoirie est la récompense, le moment unique, l'heure éblouissante. Enfin, l'avocat est roi, maître absolu de l'audience. Nul ne le contredit plus à cet instant béni. Il ne dépend plus d'un propos du témoin, d'une réponse de l'adversaire. L'incertitude du débat, où les répliques se croisent, où il faut sans cesse guetter l'ouverture pour pousser sa pointe, tout ce qui rend périlleux, incertain, l'affrontement judiciaire disparaît dans la plaidoirie. Elle est monologue comme le discours ou le sermon. L'adversaire n'existe plus, sinon comme le démon que l'on invoque, pour mieux l'accabler. Pendant un bref moment, l'avocat recrée cette fraction et cet instant du monde qu'est tout crime, et il recrée aussi, d'une certaine façon, cet homme qu'est tout criminel. En exprimant une certaine conception des choses, le temps d'un discours, il en est le maître. Dans la mesure où la parole est vie, il fait naître au moins une possibilité que les choses aient été telles qu'il les dit. C'est par là que l'avocat, à l'instant de la plaidoirie, est comme tous ceux qu'inspire une certaine vision du monde un créateur au même titre que l'écrivain ou le peintre. Mais de cet art il ne reste rien, une fois l'œuvre achevée. La plaidoirie meurt de s'accomplir. Inutile d'essayer de la fixer en un enregistrement, un livre. Ce sera un enregistrement, un livre, pas une plaidoirie. Elle est unique, comme l'instant même. Et de le savoir est pour l'avocat à la fois la source d'une angoisse et d'un plaisir, plus aiguisés encore. Demain, l'avocat plaidera d'autres causes, peut-être plus belles, peut-être avec plus d'éloquence. Mais au moment où s'accomplit la plaidoirie, elle est tout pour lui et lui n'existe que par elle, qu'en elle, intensément.

Le lendemain matin, quand nous partîmes ensemble au Palais, je notai que mes amis avaient bien pauvre mine. Je savais que je n'offrais pas meilleur aspect. Mais l'avocat offre à tous, et d'abord aux juges, son visage. C'est à ce titre le visage même de la défense. Il ne saurait sans péril laisser paraître l'anxiété de l'homme derrière la fermeté du défenseur. Mes compagnons et moi affections donc un même détachement.

Mais il nous suffit de gagner le Palais pour

mesurer que l'heure n'était pas à la froideur « chaîne de puits ». Une foule, plus considérable encore que les jours précédents, entourait les grilles du Palais. Un bruissement d'impatience, coupé étrangement de quelques rires, çà et là, montait de cette foule. Nous la traversâmes. Le silence se faisait à mesure qu'elle s'ouvrait devant nous, le silence qui entoure ceux dont on se défie, ceux qui sont de l'autre bord. Nous étions déjà dans le vestiaire quand la clameur monta : « A mort, à mort ! » Nos clients étaient arrivés. Le dernier jour d'audience pouvait donc commencer.

Etrangement, de ces heures d'éloquence, rien ne demeure en moi. Hormis deux impressions, très fortes. Le masque blême de Thierry Lévy, crinière rejetée. Ses traits gravés profondément, comme si l'homme qu'il deviendrait un jour perçait sous le jeune visage. Défendant Buffet, Thierry Lévy fut au-delà de la défense. Ce n'était plus une plaidoirie, mais un exorcisme. La salle, subjuguée, écoutait cette voix rauque, basse, lui crier des vérités qui claquaient comme des injures. De même que Buffet, en réclamant la peine de mort, la rendait presque dérisoire, de même Thierry Lévy, en refusant cette justice qui n'avait d'autre solution pour Buffet que celle de l'exécution, faisait de ce procès perdu une défaite de cette justice. A vingt ans de distance, je retrouvais à l'entendre l'émotion de jadis, quand j'écoutais mon maître. Ainsi se renouait à travers les générations la chaîne qu'il évoquait. « Levez-vous, jeunesse d'Athènes... »

De ma plaidoirie ou plutôt de ce que j'ai ressenti en plaidant, seule survit une sensation étrange, rarement éprouvée jusqu'alors. Tandis que j'avançais dans ma démonstration, je sentais que les jurés m'écoutaient avec une attention extrême. Pas un instant je ne sentis s'évanouir cette communication secrète avec les juges sans laquelle l'avocat ne peut rien. J'éprouvais au contraire qu'il s'établissait entre eux et moi une sorte d'accord, qu'ils se ralliaient à ma thèse, qu'elle l'emportait enfin. Mais cette adhésion demeurait purement intellectuelle. Ils approuvaient ma démonstration, mes raisonnements, ils consentaient à admettre que Bontems n'avait pas tué l'infirmière. Mais ils s'intéressaient à cette question que je croyais décisive avec une sorte de détachement, comme s'il s'agissait de déterminer, dans un roman policier, qui est l'auteur du crime. J'avais par moments l'impression folle de les intéresser comme si je leur racontais un livre de Simenon ou d'Agatha Christie.

Lorsque enfin je me rassis, j'étais assuré d'avoir convaincu les esprits. Et de les avoir convaincus pour rien. Je fermai un instant les yeux tandis que Philippe Lemaire disait avec bonheur les choses fortes qu'il fallait dire pour qu'on comprenne enfin qui était Bontems et qu'il avait le droit de vivre, lui qui n'avait pas tué. Je sentais que le cercle invisible qui nous tenait enfermés depuis le début du procès ne s'était pas brisé.

Tout avait été dit. Pendant des heures, les uns avaient requis, les autres plaidé. Enfin le terme des débats était venu. Buffet et Bontems, comme le veut la loi, avaient eu la parole les derniers. Bontems avait simplement affirmé une dernière fois qu'il n'avait pas frappé l'infirmière et qu'il déplorait la mort des deux otages. Pour une fois, sa voix était posée. Le ton contenu exprimait la sincérité. Buffet n'entendait pas laisser passer cette dernière occasion de dire sa vérité. Elle accablait bien sûr insidieusement Bontems. Je pensais avec amertume qu'il aurait fallu, pour que le vœu de la loi soit respecté, que nous puissions plaider à nouveau après l'accusateur Buffet. Mais je savais au fond de moi que même cette suprême plaidoirie n'aurait servi à rien, que chacun avait maintenant sa conviction faite, et qu'il ne nous restait plus qu'à attendre la décision.

A peine magistrats et jurés se retirent-ils pour délibérer, portes closes et gardées, que la cour d'assises prend un air singulier de salle de récréation, ou plutôt de théâtre pendant l'entracte. Est-ce le box vide, l'estrade déserte de la cour qui fait penser à une scène que les acteurs auraient quittée ? Ou bien cette atmosphère singulière de détente après tant de passion ? En attendant la scène finale, le prononcé du verdict, journalistes, témoins, spectateurs quittent leur place, sortent fumer une cigarette dans les couloirs et le vestibule, en commentant les plaidoiries et les réquisitoires, comme ils le feraient d'une pièce et de ses acteurs. C'est le moment le plus étrange du procès, celui qui m'a souvent laissé l'impression que, en effet, rien de tout cela n'était sérieux, et que tout à l'heure, le verdict rendu, la condamnation prononcée, on baisserait les lumières comme on baisse le rideau et que chacun, y compris les accusés, rentrerait chez soi, après le spectacle, aux applaudissements du public.

Mais pour l'avocat, ce moment-là, cette attente-là sont terribles. Bien sûr, les premières minutes, parce qu'elles succèdent à l'effort, apportent une sorte de soulagement, de libération presque physique. Tout a été dit, il n'y a plus rien à faire. Mais cette première impression s'efface vite. L'attente devient énervement, inquiétude, angoisse. Chacun suppute à sa manière, selon son tempérament, la signification de ces quarts d'heure, puis de ces heures qui s'écoulent. Pourquoi tant de temps ? Chaque instant qui passe paraît devoir émousser l'effet espéré de la plaidoirie. Par devoir ou sympathie, et aussi pour tromper l'attente, l'avocat va voir, dans le recoin qui lui est assigné, son client. Celui-ci le remercie. Et l'avocat lui exprime son absolue confiance dans le résultat maintenant si proche. C'est là courtoisie réciproque. Il faut que les remerciements soient dits, même s'ils sont immérités. Et que l'avocat affirme sa conviction assurée du succès. Le rite est respecté. Alors l'avocat peut remonter vers la grande salle bruissante d'énervement. Il y retrouvera sa solitude et son obsession. Quant à l'accusé, j'ai toujours pensé qu'à cet instant il devait rassembler ses forces. Non pas seulement pour affronter l'épreuve du verdict. Mais pour vaincre cette première épreuve de l'attente.

J'allai donc voir Bontems. Dans le garage souterrain du Palais, deux voitures cellulaires étaient entourées de gendarmes. Je grimpai dans celle de Bontems. Nous fumâmes une cigarette. Je coupai court aux remerciements. Son sourire se fit plus aigu quand je lui dis que j'étais sûr que les jurés avaient compris qu'il n'avait pas tué l'infirmière. Nous parlâmes peu. Nous étions assis côte à côte dans ce fourgon. Il faisait très chaud et sombre dans ce garage. Je ressentais l'imminence des choses. Au-dessus de nous, ces hommes et cette femme devaient discuter, autour de la grande table et sans doute boire quelques rafraîchissements. Je me levais pour remonter là-haut, quand Bontems me dit : « Vous n'allez pas avoir trop d'ennuis à cause de moi, maître, pour hier soir ? » Je lui souris : « Mais non, mon vieux, quelle idée ! » Je lui serrai la main très fort, sautai du fourgon, et m'en fus. Je haïssais cet endroit, ce Palais, cet instant.

En entrant dans la salle des assises, deux journalistes m'entourèrent dans un grand état d'excitation. « Vous savez la nouvelle ? » Je les dévisageai sans comprendre. « La Cour suprême des Etats-Unis vient d'abolir la peine de mort. La radio vient de l'annoncer. » Je regardai la grande pendule. Moins d'une heure s'était écoulée depuis la clôture des débats. Eussé-je connu la nouvelle, une heure plus tôt, quel dernier argument la défense aurait pu en tirer ! Maintenant, il était trop tard. Le jury enfermé dans son délibéré était comme retranché du monde. Je songeai, dans mon exaspération, à prendre un transistor, à le déposer devant la fenêtre fermée de la salle où se trouvait réuni le jury et à l'ouvrir à fond à l'heure des informations. Peut-être cette nouvelle parvenant aux jurés à l'improviste et presque par effraction leur paraîtrait un signe du destin, l'indication que la peine de mort n'était que la survivance d'une époque qui s'achevait ailleurs, et pouvait s'achever en France aussi. Mais je mesurai bien vite les difficultés et les risques d'une telle entreprise qui pouvait au contraire exaspérer la cour. Après tout, nous étions à Troyes et l'on y jugeait les assassins de Clairvaux. La Cour suprême des Etats-Unis était bien loin de nous, en cet instant. Je regagnai le banc de la défense. Je pensai à Bontems, à ce qu'il devait éprouver. Je n'avais plus, moi aussi, qu'à attendre, à ma place.

Ce ne fut pas long d'ailleurs. Beaucoup

moins long que je l'escomptais. La sonnerie retentit et aussitôt, presque en hâte, la cour rentra. Chacun regagna sa place, dans un désordre qui durait encore quand le président se tournant vers nous ordonna qu'on fît rentrer les accusés. Je regardai chaque juré, de toutes mes forces, pour surprendre un regard, établir une communication, un signe. Je ne rencontrai que des visages fermés. Une sorte de vide se faisait autour de nous, je le sentais en moi-même. La lecture des réponses aux questions posées commença. A la quatrième question, pour nous décisive, le président marqua un temps d'arrêt : « Bontems est-il coupable d'avoir, dans les mêmes circonstances de temps et de lieu, donné la mort à madame... ? *Réponse :* « NON à la majorité des voix. » Un soupir s'éleva dans la salle. Un journaliste ami me sourit. Bontems avait sauvé sa tête. Le président poursuivit : « Buffet a-t-il donné la mort à madame... ? OUI. — Bontems est-il complice de Buffet ? OUI. — Existe-t-il des circonstances atténuantes pour Buffet ? NON. » Buffet était condamné à mort. « Existe-t-il des circonstances atténuantes pour Bontems ? » Et la réponse vint : « NON à la majorité des voix. » C'était la peine de mort. Déjà le président l'annonçait. Du fond de la salle, autour du Palais, par les fenêtres ouvertes, les applaudissements montaient et les bravos. Vainement le président s'indignait. La foule hurlait de joie et de haine mêlées. Je me retournai vers Bontems. Je l'empoignai et lui dis à voix contenue, avec toute la force que je pouvais avoir : « Bontems, vous serez gracié. Ils ont reconnu que vous n'avez pas tué. Vous serez gracié. C'est sûr. Le président de la République vous graciera, c'est sûr. » Philippe Lemaire déjà lui donnait des instructions pour faire son pourvoi en cassation. Il nous sourit encore, différemment. Et nous dit : « Puisque vous me le dites, j'ai confiance... » Je lui serrai encore la main. Déjà les gendarmes l'entraînaient. Philippe sortit aussi pour lui parler encore. Moi, je restai là, dans le tumulte. On nous avait donné raison, on avait admis qu'il n'avait pas tué. Mais on avait condamné à mort cet homme dont on admettait qu'il n'avait pas tué. Je gardais les yeux fixes sur mes papiers, mes notes, inutiles comme moi. Je ne voulais pas voir ces visages. La main de ma femme vint se poser sur la mienne. Je relevai la tête. Elle me dit : « Allons-nous-en. » Elle avait raison. C'était fini. Il n'y avait plus rien à faire ici pour moi.

Lorsque nous sortîmes sur le perron du Palais, je m'arrêtai. Des gouttes tombaient, une pluie d'orage commençait. Dans la rue, aux fenêtres, partout, la foule se pressait, je vis des gendarmes courir. Déjà du souterrain émergeaient les fourgons avec leur escorte de motards. Ils s'engouffrèrent dans l'espace qu'ouvraient les gendarmes. Et les mêmes cris de mort et de joie montaient de la foule. L'on pouvait suivre à la clameur les fourgons qui lentement progressaient. Puis tout retomba. La foule se défit sous la pluie. Il ne restait plus que quelques obstinés, quelques attardés. Nous descendîmes les marches, nous refîmes à nouveau le même parcours, sans rien dire. Philippe, arrivé à l'hôtel, me dit qu'il restait à Troyes, qu'il voulait revoir Bontems le lendemain matin. Je l'approuvai. Je n'avais pas son courage. Troyes me faisait horreur, il me fallait rentrer à Paris, le plus vite possible. Nous fîmes en hâte les bagages. Nous courûmes à la gare. La pluie rayait les vitres du train. Je retournais chez moi. Je n'avais pu empêcher que l'on condamnât Bontems à mort. A quoi sert un avocat ?

TROISIÈME PARTIE

Tout était rentré dans l'ordre quotidien. Il n'y avait que deux condamnés à mort de plus dans les prisons de France. Ma vie avait repris son train ordinaire. J'étais retourné au Palais plaider quelques affaires. J'avais retrouvé le bureau, les dossiers, les clients. Il n'était question que de vacances. Chacun se préparait à partir. Moi aussi.

J'évitais de penser au procès de Troyes. Sans doute, les premières nuits, je continuais inlassablement, dans un demi-sommeil, à plaider l'affaire Bontems. Parfois, dans la journée, je prenais conscience que je cherchais désespérément, au fond de moi-même, l'argument nouveau qui m'eût permis de l'emporter. Mais bien vite, j'y renonçais. Je me heurtais toujours à cette évidence : « ils » ont admis qu'il n'avait pas tué. Et « ils » l'ont condamné à mort. Alors à quoi bon s'interroger ?

Et cependant je sentais que continuait de se creuser en moi cette galerie ouverte à

Troyes. Ce n'était pas les derniers échos d'une défaite, les derniers tiraillements de l'orgueil professionnel qu'apaise toujours le temps. Quelque chose d'essentiel m'était advenu, dans ces journées-là. Je ne distinguais pas la nature et la profondeur du mal. Je savais seulement que j'étais atteint et que la blessure ne cicatrisait pas.

Parfois, je m'exhortais, m'appliquant à me convaincre que j'avais tout fait de ce qu'il était en mon pouvoir de faire. Et je ne le croyais pas. Ou bien je me répétais que quoique nous ou d'autres aient pu tenter, le verdict eût été le même, que toute entreprise de la défense était inutile, puisqu' « ils » avaient condamné à mort celui qui n'avait pas tué, comme celui qui avait tué. Mais la question n'était pas d'apprécier mes responsabilités personnelles. Je ne me sentais pas plus, ni moins, coupable dans ce cas que pour d'autres affaires perdues. Ce n'était pas le sentiment de mes erreurs ou de mon insuffisance éventuelles qui pesait ainsi en moi. Ce n'était pas non plus la fatigue de ces audiences qui m'accablait d'une telle lassitude. Je m'éprouvais comme un ancien combattant, un vétéran vaincu de la lutte judiciaire. J'avais, comme jamais avant, vu à nu le visage de la haine. Et la haine l'avait emporté. Je connais les traits de la haine. Les hommes de ma génération ont eu souvent l'occasion de la rencontrer. Mais elle revêt son pire visage quand elle se pare du masque de la justice. La haine furieuse fait peur. La haine justicière fait honte. Je revoyais les poings levés, les rictus de la foule qui entourait cette fille tondue que deux hommes, glorieux et armés, entraînaient à demi nue dans les rues de la ville, parce qu'elle était une « fille à Boches ». C'était ces hommes et les spectateurs qui étaient à ce moment ignobles à voir. La haine d'ailleurs rend toujours au pire criminel une dignité inattendue. On oublie le coupable pour ne plus voir que l'être traqué, le misérable. Mauriac évoquait ce jeune voyou qui avait tué une vieille femme pour la voler. Lors de la reconstitution, il traversait la foule, entre des gendarmes. Sous les coups, les insultes, les crachats, son visage était devenu celui du Christ. Ceux qu'emporte la haine ne savent pas quel présent ils font à l'objet même de leur haine.

Mais la haine fait douter de tout, et d'abord de la justice que la haine applaudit. J'entendais encore les clameurs, les applaudissements qui saluaient la condamnation à mort de Buffet et Bontems. Le président pouvait agiter sa sonnette ou frapper d'une règle sa table. La chasse à courre s'achevait dans l'excitation de la curée. Les bêtes étaient prises, la lame était prête. Quels transports eussent salué l'exécution intervenant là, dans la cour du Palais ! Nul doute que la foule eût applaudi, hurlé sa joie, si le bourreau, tel Sanson, lui avait présenté les deux têtes. Et pourtant, jadis, quand Gilles de Rais, criminel entre tous, s'en allait au bûcher, chacun sur son passage se mettait à genoux pour demander à Dieu d'avoir merci de l'âme du pécheur. Buffet n'était pas Gilles de Rais, tant s'en faut. S'est-il trouvé quelqu'un qui ne le connaissait pas, pour implorer la grâce de Dieu pour cet assassin qui voulait tant mourir ? Je le souhaite. Je veux le croire. Mais je ne l'ai pas rencontré dans cette foule massée autour du Palais.

Ce qui pesait ainsi sur moi dans les semaines qui suivirent le procès, c'était l'obsession de cette haine, ainsi mise à nu, et dont je ne pouvais me libérer. Le procès lui-même, à mesure qu'il s'éloignait dans le temps, revêtait dans mon esprit un aspect singulier, caricatural, grinçant. Les audiences me paraissaient une sorte de théâtre ou des marionnettes aux gestes saccadés se seraient entrechoquées. Sous les yeux d'un public à la fois goguenard et hostile, juges, avocats, témoins, gendarmes, tous étaient là, agités, absurdes, jusqu'au moment où la mort venait en scène et faisait disparaître tout ce monde dans la trappe. Cette dérision m'aidait sans doute. Mais rien ne pouvait changer le fait que nous avions affronté la haine, et qu'elle nous avait emportés.

J'avais confiance cependant. Non par optimisme naturel ou parce que cette confiance m'aidait à vivre comme si rien d'essentiel ne m'était advenu. Mais parce que ma conviction était absolue que Bontems serait gracié.

Il m'aparaissait évident que l'on ne pouvait pas guillotiner un homme qui n'avait pas tué. J'avais étudié la liste des condamnés exécutés depuis vingt ans. Un seul échappait à la règle : Bastien-Thiry, le régicide qui n'avait pas atteint le roi, et qui avait été fusillé, pour l'exemple sans doute, comme si la mort pouvait jamais être exemplaire. Tous les autres étaient des assassins. Et comme pour assurer encore ma conviction, parmi ceux qui avaient été graciés, je relevai des parricides, des infanticides, ou des hommes plusieurs fois meurtriers. On ne les avait pas jugés indignes de vivre. A celui qui n'avait pas pris la vie, on ne pouvait prendre la sienne. Bien sûr, à Troyes, les juges de Bontems en avaient décidé autrement. Mais à Troyes régnait la haine. Pourquoi aurait-elle continué à suivre Bontems à la trace, comme un loup ?

Surtout, j'étais convaincu que le président de la République était un adversaire déclaré de la peine de mort. On l'avait beaucoup dit et il l'avait volontiers laissé dire. D'ailleurs, les trois années écoulées depuis le début du septennat étaient exemptes de toute exécution. Il n'avait pas hésité à gracier des condamnés dont les crimes de sang étaient affreux. Or Bontems n'avait pas tué. La cour d'assises l'avait reconnu. Dès lors, l'hésitation était à mes yeux impossible. Bontems serait gracié.

Le terrible problème que posait le cas de Buffet me paraissait ajouter encore à cette évidence. Buffet voulait mourir, ou plutôt Buffet voulait qu'on le tuât, que la machine judiciaire l'exécutât selon le rite. Buffet n'avait donc pas formé de pourvoi en cassation. Buffet avait demandé à ses avocats de ne pas déposer de recours en grâce. Et pour s'assurer contre le risque d'une clémence pour lui insupportable, Buffet avait pris le soin d'écrire au président de la République qu'il s'emploierait, s'il était gracié, à commettre de nouveaux meurtres, en quelque prison qu'on le plaçât. Sans doute pouvait-on voir dans cette terrible affirmation l'expression secrète d'un désir de vivre combattu et refoulé à l'extrême. Mais le péril n'en était pas moins grand de voir Buffet gracié tuer à nouveau. Ce risque-là, le président de la République pouvait-il l'assumer ? Et puis, du sein de l'administration pénitentiaire et de ses syndicats, montaient encore des menaces diffuses au cas où Buffet ne serait pas exécuté. Seule une conviction absolue du président de la République pouvait sauver Buffet. Cet ancien normalien. fils d'instituteur, élevé et grandi au sein de l'Université, devait être, pensais-je, un humaniste et un abolitionniste convaincu. A l'heure du choix solitaire, cette conviction serait-elle inébranlable au point de ne pas céder même devant les menaces de Buffet, les réactions des gardiens de prison et la certitude que cette décision serait impopulaire ? Je me disais que le goût de la grandeur est contagieux, que les victoires morales sont les plus éclatantes et que l'occasion était belle pour le président de la République de braver le sentiment commun qui réclamait l'exécution de Buffet. Je voyais là l'occasion unique pour lui d'une victoire morale qui inscrirait son nom dans l'Histoire comme celui de l'homme qui, contre le sentiment général des Français, avait choisi d'abolir la peine de mort en laissant vivre Claude Buffet. Un homme politique, grandi à l'ombre du général de Gaulle, ne pouvait laisser passer pareille occurrence. La première réaction tombée, on admirerait le caractère du président, prêt à braver l'impopularité pour se conformer aux impératifs de sa conscience. Il ne pouvait manquer d'en sortir grandi, même aux yeux de ses adversaires. Et il lui suffisait après tout de donner toutes instructions pour que Buffet soit surveillé et traité avec toute la vigilance que requérait son cas exceptionnel.

Mais pour Bontems, il n'était point nécessaire, me disais-je, que le président se hissât jusqu'à de tels sommets. Bontems ne recelait pas cette obsession de mort qui hantait Buffet. Même gracié, ses actes n'en étaient pas moins châtiés. De vingt ans de réclusion, sa peine devenait perpétuelle. Et dans quelles terribles conditions s'accomplirait-elle pour le complice de Buffet ? La vindicte populaire, s'il fallait la satisfaire, y trouverait bien son compte. Rien dans le cas de Bontems ne me paraissait devoir contrarier les sentiments proclamés du président à l'encontre de la peine de mort. Un homme qui n'avait jamais tué, qui était puni pour son crime, qui ne présentait pas de dangerosité particulière et qui, dans sa jeunesse, avait courageusement servi son pays, ne pouvait être exécuté par la décision d'un président hostile à la peine de mort. La clémence d'Auguste était certaine. Le doute même n'était pas possible devant ces évidences que j'évoquais de temps à autre, peut-être pour m'interdire de douter.

L'été s'écoula, comme tous les étés, avec ses plaisirs. Il n'y avait rien que je puisse faire pour Bontems. Il avait formé un pourvoi en cassation. La chambre criminelle était aussi en vacances. Bontems et Buffet avaient été transférés à Paris. Ils attendaient la décision de la Cour suprême. Nous aussi. Je savais par Philippe Lemaire que Bontems allait bien, qu'il avait confiance. Au moins le disait-il. Octobre vint. L'automne était superbe. L'été n'en finissait pas de mourir.

Si j'avais une foi absolue en la grâce présidentielle, j'étais sans illusion sur les chances du pourvoi en cassation. Sans doute, notre habile avocat au conseil avait-il trouvé un moyen sérieux. La loi prescrit que les témoins, avant leur audition, ne doivent pas assister aux débats. Or la retransmission intégrale de ceux-ci avait été assurée, pendant tout le cours du procès, jusque dans la salle des témoins. La violation de la loi paraissait flagrante. Etait-elle suffisante pour entraîner la cassation ? Philippe Lemaire le croyait. Je l'espérais seulement. Je n'imaginais pas que le procès pût recommencer. Nous l'aurions sans doute gagné cette fois-ci. Il se serait déroulé hors de Troyes, loin de Clairvaux, et Buffet n'aurait été que témoin et non plus présent dans le box. Bontems, seul accusé, n'aurait pas été une deuxième fois condamné à mort. Cette évocation suffit à juger la peine de mort. Dans une justice par définition relative, il ne saurait y avoir place pour une peine irréversible.

La justice est lente d'ordinaire. Dans cette affaire, elle courait la poste. A peine octobre s'achevait-il que déjà la Cour de cassation rendait son arrêt. Le pourvoi de Bontems était rejeté. La décision ne me surprit que par sa promptitude. La vie ne Bontems ne dépendait plus, à présent, que du président de la République. Il fallait nous préparer à cet ultime entretien. Je décidai de me rendre d'abord à la Santé pour y voir Bontems.

Un avocat ne connaît pas plus les prisons que le spectateur les théâtres. Il n'en voit que ce qu'on lui offre, le devant de la scène, l'entrée, le greffe, les parloirs. L'essentiel, les cellules, les ateliers, les réfectoires, les lieux où se déroule effectivement la détention, l'avocat les ignore. A peine les entrevoit-il au bout d'un corridor. Et pourtant, chaque prison a son atmosphère.

Depuis vingt années que je m'y rends, la Santé m'est aussi familière que les couloirs du Palais. D'une certaine façon, elle en est d'ailleurs le prolongement ou l'antichambre. Il y règne un climat particulier, où chacun, hormis les détenus, s'applique à une ostensible cordialité, à l'instar de certains hôpitaux où l'on a l'impression que les médecins ont enjoint à tout le personnel d'avoir l'air résolument optimiste, presque gai, pour ne pas altérer l'humeur des malades. Dans le cas de la Santé, il s'agit là sans doute d'une réaction à l'effroyable tristesse des lieux. Non qu'ils paraissent sales, abandonnés, dégradés comme dans d'autres prisons. Mais simplement ces couloirs, ces grilles, cet agencement géométrique où tout est calculé pour détenir des hommes, ont quelque chose d'abstrait, de totalement inhumain. Pour ne pas céder à cette ambiance glaciale, comme on bat du pied pour se réchauffer, chacun, instinctivement, prend un ton plus chaleureux que les circonstances ne le commandent. C'est une singularité de plus de cet étrange endroit.

L'accueil habituel ne me fit pas défaut. Le surveillant de service à la première grille me reprocha d'un accent chaudement méridional de ne pas venir assez souvent, comme un patron de bistrot à un client qui se fait rare. Mais à la rotonde où l'on vise les permis, lorsque je dis que je venais voir Bontems, je perçus une sorte de retrait. Le gardien me jeta un bref coup d'œil, et ce fut, cette fois-ci, d'un ton différent, délibérément impersonnel, comme si tout cela ne le concernait pas, qu'il me dit de m'adresser au surveillant-chef qui en avait la charge. Il le fit prévenir et celui-ci parut presque aussitôt. Il était grand, assez fort, son visage coloré exprimait une certaine gêne. Il m'expliqua que pour faciliter la surveillance, les condamnés à mort n'allaient pas au parloir, et que je verrais Bontems dans sa cellule. Il n'y avait rien à répondre. Tandis que nous attendions qu'on nous ouvrît la première grille, je lui demandai des nouvelles de Bontems. Il allait bien, il avait bon moral, il ne donnait pas de souci à ses gardiens. Nous franchîmes la grille et pénétrâmes dans un couloir très propre au sol carrelé, aux murs presque brillants. Un vrai couloir d'hôpital. Une porte qui fermait tout le couloir nous arrêta. Le surveillant-chef sonna ; je m'enquis de Buffet. « Ça va, bien sûr nous le surveillons, mais nous n'avons pas à nous plaindre. Il est toujours correct. »

La porte s'ouvrit de l'intérieur, nous pénétrâmes dans le quartier réservé. Là aussi, tout était net, brillant sous la dure lumière des ampoules. Les cellules s'alignaient de chaque côté. Le surveillant-chef me dit : « Le voilà. »

C'était la cellule 34. Un gardien s'approcha, jeta un œil par le judas, et ouvrit, d'un coup, très grand la porte. La serrure jouait bien. On avait dû y veiller, la bien huiler. Bontems était assis sur le lit. Il sursauta, tourna la tête vers nous. J'entrai très vite, je ne sais pourquoi. Déjà il souriait, comme toujours. Je lui serrai la main, très fort. J'étais gêné. Il avait l'air heureux de me voir. J'eus honte soudain de n'être pas venu plus tôt. Je lui souriais aussi. Nous restâmes debout ainsi, quelques instants, l'un en face de l'autre sans rien dire. Puis je me retournai, car l'on n'avait pas refermé la porte, et je sentais derrière moi la présence des gardiens. Le surveillant-chef s'avança : « Je suis désolé, mais on ne doit pas fermer la porte. » Je le regardai. Il n'y avait là non plus rien à répondre. Il se retira, dit un mot à un gardien qui se posta à quelques mètres, de l'autre côté du couloir. Je poussai quand même un peu la porte. Elle dérobait ainsi la paillasse de Bontems. Je m'assis là, Bontems à mes côtés. Le règlement était sauf, mais au moins le gardien ne verrait pas nos visages.

Nous échangeâmes quelques paroles, banales. Je m'enquis de lui, de la nourriture, qui était bonne me dit-il, enfin pas mauvaise ; des gardiens, ils sont gentils, ils font ce qu'ils peuvent. J'avais envie de lui demander s'il dormait bien ; je ne le fis pas. Lui, de son côté, me demanda comment s'étaient passées les vacances, si j'avais voyagé. Ceci nous fournit cinq minutes de conversation sans intérêt, mais qui nous rapprochait, par le simple fait qu'elle n'abordait pas l'essentiel. Il m'interrogea aussi sur les poursuites disciplinaires ordonnées contre moi. Je le rassurai. Les évoquer, en ce lieu, en cet instant, aurait été ridicule, grotesque même. Mais que Bontems y pensât encore, me frappait comme le témoignage d'une certaine délicatesse. Je brisai net cette conversation, et lui dis, sans préparation : « Vous n'avez rien à craindre, Bontems. » Il me regarda, son sourire flottant toujours sur ses lèvres : « Je n'ai pas peur, maître. — Je sais bien, Bontems, mais je voulais vous dire que vous n'avez pas à vous tourmenter ; vous serez gracié c'est sûr. » Il me regarda encore, bien en face. Je soutins ce regard, je n'étais plus gêné. Je m'étais si bien convaincu moi-même de la certitude de cette grâce. « Sûr, maître ? » Sa voix était légèrement interrogative. Je répondis de mon ton le plus ferme : « Absolument. — Alors, si c'est vous qui le dites, je vous crois. » Pourquoi me faisait-il encore cette confiance ? à moi qui lui avais déjà dit, lors de notre premier entretien à la prison de Troyes : « Ils ne vous condamneront pas à mort, j'en suis sûr. » Ils l'avaient condamné à mort. Et nous étions là tous les deux, lui avec sa confiance, moi avec ma conviction, dans sa cellule, dans le quartier réservé. Alors à phrases courtes, rapides, je lui dis pourquoi le président de la République ne pouvait que le gracier. A chaque argument, il hochait la tête. Il ne répondait pas, il ne commentait pas, il ne questionnait pas. Il saluait au passage chacune de mes phrases, comme de vieilles connaissances. Je ne sentais en lui ni scepticisme, ni anxiété, mais une sorte de vide, comme s'il avait fait en lui place nette du doute, comme s'il refusait de s'interroger, pour simplement pouvoir continuer à vivre. Quand j'eus épuisé mon propos, le silence s'établit entre nous. Je mesurai en même temps l'intensité du silence qui nous entourait. Aucun bruit ne venait jusqu'à nous, dans cette prison dont les couloirs résonnaient d'ordinaire d'appels et de chocs. Je me levais, repris mon manteau que j'avais jeté sur le lit, souris à Bontems. « Vous n'avez pas grossi. — Oh ! je fais de la gymnastique, maître, je me tiens en forme. » Le propos me parut terrible. « Je reviendrai vous voir, aussitôt que nous aurons été reçus par le président de la République. — Vous pensez que ce sera pour bientôt ? — Je ne sais pas, probablement assez vite. — Ça serait bon signe s'il attendait les élections. » Je lui dis que c'était trop loin, et que de toute façon, ça n'avait rien à voir avec la décision à prendre. Mais je savais maintenant qu'il ne pouvait, lui aussi, s'empêcher d'interpréter tous les indices. L'heure était bien aux augures. Je lui dis au revoir. Je repartis en compagnie d'un gardien. Les portes se fermèrent derrière moi dans un grand bruit de serrure.

A la rotonde, le surveillant-chef m'attendait. Il m'interrogea : « Alors maître, comment l'avez-vous trouvé ? — Bien, oui, il est bien. » Le surveillant-chef ajouta, comme pour lui-même : « Si seulement il dormait la nuit. Vous savez, il fume sans s'arrêter, une cigarette après l'autre. C'est comme Buffet. Il tourne dans sa cellule. Il ne s'arrête qu'au matin. » Je l'écoutai. Il était, lui, sans haine aucune contre les assassins de Clairvaux. Donc tout était possible, pensai-je, s'ils étaient graciés. Je me repris. C'était la première fois que je formulais comme une hypothèse ce que je croyais pour Bontems une certitude. Je pris congé du surveillant-chef. A ma surprise, il me remercia d'être venu, comme un parent à l'hôpital remercierait le médecin. Nous nous serrâmes la main. J'étais content pour Bontems que ce fût ce surveillant-là qui fût en charge de lui. La plupart d'ailleurs n'aurait sans doute pas agi différemment. Bontems n'était plus un détenu comme les autres. Il n'était même plus un homme comme les autres. Il était ailleurs que nous tous, dans une sorte de zone marginale inaccessible aux vivants et qui n'était pas encore la mort. En sortant dans la cour, je remarquai que la pluie avait commencé de tomber, comme à Troyes. Décidément, moi aussi j'interprétais tous les signes. L'été était fini, voilà tout. C'était déjà la Toussaint.

Le président de la République ne nous fit guère attendre. Je travaillais dans mon bureau, quand ma secrétaire m'avisa qu'elle avait l'Elysée au téléphone. Une voix courtoise me dit que le président nous recevrait mardi prochain, Me Lemaire et moi-même, à onze heures si la date nous agréait.

Il se trouvait que je devais faire cours à cette heure-là. Je suggérai donc que l'entrevue soit reportée à une date ultérieure au gré du président, bien entendu. « Après tout, rien ne presse, ajoutai-je insidieusement, le pourvoi en cassation vient seulement d'être rejeté. » La voix officielle me rappela au sens des convenances : le président avait fixé l'audience. Si je ne pouvais me libérer, seul Me Lemaire serait reçu. Je n'avais à l'évidence qu'à m'incliner. Le souci présidentiel de mon agenda était purement formel. L'essentiel était cette promptitude à nous recevoir. Pourquoi cette hâte s'il ne s'agissait que de gracier ? D'autres condamnés à mort attendaient depuis des mois que le président ait le temps de voir leur avocat. Pourquoi cette impatience à entendre ceux de Buffet et Bontems ? J'appelai aussitôt Philippe Lemaire. Il n'était pas là. Je poussai plus avant ma réflexion. Sans doute se posait le problème de Buffet qui en appelait à la rigueur présidentielle et exigeait qu'on l'exécutât dans les plus brefs délais. Mais précisément cette hâte à décider me paraissait répondre trop bien aux vœux de Buffet. Les convictions abolitionnistes du président n'étaient-elles donc pas aussi absolues que je le croyais ? Je m'en inquiétais pour Bontems. Mais je me répétais que le cas de Buffet et celui de Bontems se posaient pour le président en termes tout à fait différents. Je me levai, allai à la fenêtre, me rassis. Allons, mon soupçon était absurde. Bontems serait gracié. Et le plus tôt serait le mieux. Le président avait raison. La presse recommençait, depuis le rejet du pourvoi en cassation, à s'intéresser aux assassins de Clairvaux, selon la formule dont le pluriel me mettait hors de moi. Une prompte décision s'imposait à tous égards. La hâte présidentielle n'exprimait que la conscience de cette nécessité. Rien de plus.

Philippe Lemaire m'appela sur ces entrefaites. Il m'apprit que Lévy et Crauste étaient convoqués le même jour à onze heures trente. Nous avions donc une demi-heure pour tout dire, ou au moins l'essentiel. Il fallait nous y préparer. Nous convînmes de nous retrouver chez moi, le même soir. J'allais raccrocher quand Philippe me dit : « Qu'est-ce que tu en penses ? — La même chose que toi », répondis-je pour esquiver le propos. A cet égard aussi, je me trompais. Philippe, lui, doutait déjà.

Je m'interrogeais sur le droit de grâce. Il me parut receler une ambiguïté sournoise, une de ces mystifications historiques pétries d'idées reçues, d'archétypes qui faussent nos sensibilités. Bien évidemment, le droit de grâce est à l'avantage du condamné. Il lui donne une chance de plus contre l'injustice ou la rigueur des juges. Mais pour le souverain qui l'exerce, qu'implique donc ce droit de vie ou de mort sur autrui ?

Le président gracie le condamné ; promis à la guillotine, celui-ci échappe au dernier moment. Suspense. Angoisse extrême. Soulagement. Bravo. La clémence du prince a joué. Il en sort grandi, à coup sûr. Car il est sans exemple, le temps écoulé, que l'histoire ait reproché au prince sa mansuétude.

Ou bien le prince refuse la grâce. La condamnation prononcée est exécutée. Apparemment le prince a seulement laissé passer la justice du peuple. C'est bien la cour d'assises qui a condamné à mort, non le prince. En n'interdisant pas l'exécution, il ne contredit pas la décision rendue. Au contraire, il satisfait le sentiment populaire exprimé par le jury. Le prince peut dire : « Je n'ai pas voulu cela. C'est eux qui en ont décidé ainsi. S'ils ne voulaient pas que cet homme meure, il leur appartenait de le dire. Mais ils ont choisi. Qu'ils portent la responsabilité de leur choix devant les hommes. Je m'en lave les mains. » Ainsi le droit de grâce grandit devant l'histoire celui qui en use. Il rend souvent populaire celui qui le refuse. Sévère ou clément, le prince gagne à tout coup.

Mais qu'implique en réalité le droit de grâce ? Juges et jurés ne condamnent pas

l'accusé à mourir effectivement sur la guillotine. Ils offrent simplement au prince la possibilité de cette exécution. Ils ouvrent au prince l'alternative : laisser vivre ou faire mourir. A lui de choisir. Plus précisément encore, la cour ne condamne pas à mort. Elle propose au prince de faire mettre à mort un condamné. Le prince seul en définitive décide. C'est par là qu'il est responsable et totalement responsable puisqu'il peut tout, à son gré, à sa guise, sans rendre compte à quiconque, hormis à lui-même. Puisqu'il dispose souverainement, absolument de la vie de cet homme. Sans doute il n'en disposerait pas si on ne la lui offrait pas. Mais cet homme que l'on jette au prince, enchaîné, déjà rejeté par le peuple et ses juges, pour que le prince en fasse ce que bon lui semble, cette réalité-là, cette responsabilité-là, le prince ne peut la refuser.
Il ne faut pas sortir de là. Il n'y a pas de condamnation à mort en justice. Seulement un vœu de mort qui monte de la cour d'assises vers le prince. A lui de l'entendre ou de le refuser. Il est le tout-puissant.

Le gladiateur est tombé sur le sable de l'arène. Il est pris dans le filet plombé du rétiaire. La foule dressée sur les gradins du cirque crie à la mort. Tous les visages sont tournés vers César. La main lourde de bagues se lève. Le silence, immense, s'établit. Si César choisit de tourner le pouce vers le sol, qui en définitive aura tué le gladiateur : la brute au glaive déjà levé ? La multitude qui veut du sang ? Ou César, seul, sur le devant de sa loge ?

Il pleuvait aussi ce matin-là. Une pluie froide, cruelle, une pluie d'automne parisien, qui rend les rues hostiles. Les gens se hâtaient, la tête rentrée dans les épaules, comme s'ils étaient prêts à vous bousculer pour gagner plus vite leur abri. Nous remontions le faubourg Saint-Honoré, Philippe et moi, nous tenant par le bras, sous le même parapluie. En passant le long d'une vitrine, je vis notre reflet. Nous avions l'allure et la mine de ces messieurs de la famille, tout habillés de bleu marine, sous ce grand parapluie noir. Je pressai le pas.

Devant l'Elysée, quelques journalistes étaient déjà là : « Maître, qu'allez-vous dire au président de la République ? » « Maître, est-ce vrai que Buffet écrit tous les jours au président ? » Sans répondre, nous pénétrâmes dans le palais. Les gardes de service prirent notre identité, téléphonèrent. Un huissier vint nous chercher. Nous traversâmes derrière lui la cour d'honneur ruisselante d'eau. Déjà nous pénétrions dans le vestibule, nous gagnions un petit salon où l'huissier nous pria d'attendre. Il prit nos pardessus et s'en fut. Nous nous posâmes sur un canapé, très droit, très raide. Assis là, tous deux, dans ce salon, nous attendîmes, sans parler. Nous avions arrêté ensemble, minutieusement, nos propos, préparé toutes les réponses à toutes les questions. Nous nous étions réparti la tâche. Nous étions prêts, à nouveau, tous les deux. Prêts pour défendre à nouveau, une dernière fois, Bontems. J'avais confiance. Je dis simplement à Philippe : « Ça ne va pas être facile tout à l'heure, pour Lévy et Crauste. » Il me jeta un coup d'œil et ne répondit pas. Je regardai ma montre. Il restait un quart d'heure à attendre.

La porte s'ouvrit, un officier d'ordonnance parut, nous invita à le suivre. Je pensais que nous avions bien fait d'arriver en avance, que ceci nous donnerait plus de temps auprès du président. Mais il nous mena seulement dans une grande pièce où travaillait une collaboratrice du président. Elle nous accueillit avec une grande courtoisie. Nous échangeâmes quelques propos sans importance jusqu'au moment où, à ma stupéfaction, je l'entendis déclarer : « Evidemment, le cas de Bontems est très difficile. » Pourquoi difficile ? J'allais répondre, expliquer qu'au contraire, rien n'était plus simple, qu'il s'agissait de gracier un homme qui n'avait pas tué. Mais déjà, la porte se rouvrait, un autre officier parut. Nous prîmes congé, le suivîmes quelques pas. Il ouvrit une autre porte, nous introduisit dans le cabinet du président. Celui-ci venait à nous pour nous accueillir. Il nous conduisit vers deux grands fauteuils à tapisserie devant le très grand bureau Louis XV. Lui-même s'assit de l'autre côté. Il avait devant lui un dossier fermé et quelques notes.

Je n'avais pas revu le président depuis son élection. Quand je l'avais rencontré, il était encore en réserve de la République. Il paraissait à cette époque alerte et content. Je le trouvai à présent étonnamment grossi. J'enregistrai ce qui me parut être une bonne mine éclatante. Il avait le teint si coloré, cuivré, que je me demandai un instant s'il ne revenait pas de quelque séjour au soleil. Mais nous étions en novembre, en France, et il se préparait seulement à se rendre en Afrique. Tel quel, l'œil brillant, les joues bien tendues, le veston boutonné étroitement et pincé sur l'estomac, il donnait l'impression d'une prospérité extrême, d'une réussite éclatante qui s'exprimait physiquement par cette riche enveloppe. Droit, derrière ce bureau, dans ce décor solennel, il évoquait irrésistiblement, côtelettes en moins, un portrait de grand bourgeois du siècle dernier, Monsieur Bertin aîné par Ingres. Il en exprimait les certitudes acquises, la confiance invincible en soi et, pensai-je, l'amour de la bonne chère. Au demeurant, son abord était courtois, son propos presque cordial.

Ce qui subsiste en moi de cette demi-heure, c'est moins le contenu des propos échangés, des questions et des réponses que la conscience qui m'envahit après quelques minutes que rien n'était acquis, que la grâce n'était pas évidente, ni certaine, comme je m'étais appliqué à le croire depuis des mois.

Ce fut comme si l'angoisse, rejetée au fond de moi-même, se faisait jour d'un seul coup. Je regardai le président tandis que Philippe Lemaire lui parlait de Bontems. Jamais Philippe Lemaire n'avait été meilleur. Mais qu'éprouvait le président ? Le regard fixé sur Lemaire ne laissait paraître qu'un intérêt soutenu. Quand mon tour fut venu, je sentis en moi une passion de convaincre, telle que je ne me souvenais pas en avoir jamais éprouvé de pareille. Chaque mot, chaque phrase devait atteindre cet homme de qui tout dépendait. Et en même temps, je ressentais intensément que les minutes s'écoulaient qui nous étaient imparties. Le temps rongeait nos chances, un sablier invisible les ensevelissait. Et rien, aucun signe, aucune expression ne nous permettait de croire que nos propos aient été plus qu'écoutés, mieux qu'entendus, accueillis. Quelques questions, quelques réponses encore. Déjà le président se levait et nous assurait de son intérêt. Nous prîmes congé. Dans le vestibule Philippe Lemaire me dit à voix basse : « Ce n'est pas joué. » Je ne répondis pas. Dehors il pleuvait toujours. Les journalistes, en foule cette fois-ci, nous assaillirent. On se serait cru à la constitution d'un nouveau ministère. Nous déclarâmes que nous n'avions aucune déclaration à faire. Pas seulement par souci de discrétion. Mais à la vérité, nous ne savions, nous ne sentions rien, sauf qu'il n'y avait plus rien à faire, pour nous, à présent qu'à attendre.

L'attente commença, ou plutôt s'installa en moi, prit possession de moi. Apparemment, je vivais comme à l'ordinaire. J'allais au bureau, je recevais mes clients, je plaidais mes affaires, je voyais mes amis. En réalité j'étais comme le parent du malade auquel on doit notifier le diagnostic. Il sait que c'est lui qu'on préviendra le premier. Il attend et s'applique à n'en rien laisser paraître. Il a l'impression que s'il refuse de changer quoi que ce soit à sa vie, s'il nie par chacun de ses gestes la possibilité du pire, le pire n'adviendra pas, la vie continuera comme par le passé et le malheur n'entrera pas.

Je me livrais à de petits calculs. Je savais que la décision ne pouvait être prise sans consultation du conseil supérieur de la magistrature. Je savais aussi que le président de la République devait se rendre en Afrique. Je savais enfin, par une confidence du surveillant-chef, que les bourreaux ne travaillent pas le week-end. On n'exécute jamais à l'aube du dimanche ou du lundi. Je réfléchissais sur ces données. Le conseil de la magistrature avait été convoqué de longue date pour le vendredi qui venait, mais l'ordre du jour avait été fixé bien avant notre visite au président. Pouvait-on évoquer les recours des condamnés à mort et en débattre à cette séance, comme à l'improviste ? J'en doutais fort. Mais le président de la République ne partait que le lundi. Il pouvait convoquer à nouveau le conseil pour le samedi. Puis méditer le dimanche, et prendre sa décision avant de s'en aller. L'hypothèse n'était pas à exclure. Le président ne voudrait sans doute pas que l'attente se prolonge, par humanité pour ces hommes dans leur cellule et aussi parce qu'une curiosité maligne grandissait dans l'opinion. Guillotinerait-on Buffet ? A coup sûr, pensait le public. Bontems ? Les avis étaient partagés. Chacun annonçait le choix du président selon son inclination propre. Les répressifs ne faisaient pas de distinctions : « A l'échafaud les deux compères ! » Certains ajoutaient, sans mesurer ce que le propos à cet instant signifiait : « Je les mets dans le même panier. » Les réfléchis marquaient la différence et opinaient pour la grâce. Les habiles évoquaient la proximité des élections. Le président ferait exécuter l'un pour montrer sa fermeté, gracierait l'autre pour illustrer son humanité. Ainsi tout le monde serait content. Ces analyses, ces paris plutôt, me poursuivaient en tous lieux. J'avais l'impression de vivre au centre d'un tiercé dont la vie de Buffet et Bontems aurait été l'enjeu. Certains me demandaient mon avis comme si d'être concerné me qualifiait pour interroger l'astre élyséen. Je renvoyais la question au questionneur non pour m'informer, mais parce qu'il n'y avait rien à répondre.

Tous les matins, à présent, j'allais voir Bontems dans sa cellule. C'était devenu pour moi un rite, une obligation à laquelle je ne pouvais me soustraire. Comme si cette visite matinale conjurait le sort et voir Bontems vivant me rassurait, me convainquait presque physiquement que cet homme-là, en pleine force, ne pouvait demain mourir sur ordre. Je partais tôt de mon domicile, avec mes enfants. Leur école était assez proche de la Santé. Nous traversions Paris. Les réverbères étaient encore allumés. Le brouillard du matin n'était pas dissipé. Parfois il pleuvait. J'écoutais derrière moi les propos des enfants, qui s'énervaient parce que le trajet était long. Je rétablissais difficilement le calme, jusqu'au prochain feu rouge, où l'empoignade recommençait. Enfin, je les déposais à la porte de leur école. Je les regardais un instant s'enfoncer en courant dans l'entrée. Je repartais. Les essuie-glaces battaient la vitre. Je redevenais prisonnier de mon obsession. Je reprenais l'écheveau si souvent filé de mon argumentation. Je me représentais toutes les raisons qui faisaient que la grâce interviendrait à coup sûr. Parfois, m'en voulant de cette attitude, je m'employais à analyser les arguments qui pouvaient commander l'exécution. Le refus de distinguer entre l'assassin et son complice ? C'était bon à Troyes, dans ce climat de haine. La pression de l'administration pénitentiaire ? Elle était sans portée au niveau du président de la République, maître tout-puissant de l'Etat. La vindicte populaire, qui réclamait la mort des preneurs d'otages ? Là sans doute était la menace, car ce même président demeurait un homme politique, donc sensible à toutes les fluctuations de l'opinion publique. Mais à l'égard de Bontems, elle était incertaine ou divisée. J'en arrivais toujours à la même conclusion : « Bontems n'a pas tué. On ne tue pas celui qui n'a pas tué. Bontems sera gracié. » C'était devenu une sorte d'incantation. Mais l'esprit seul était convaincu. J'arrivais enfin boulevard Arago. Je laissais ma voiture et m'en allais le long du grand mur noir de la Santé, à pas rapides, comme si je craignais d'être en retard à ce rendez-vous-là.

Il faisait froid dans la cellule de Bontems. Non qu'elle fût dépourvue de chauffage mais le vasistas en haut de la fenêtre était toujours entrebâillé. Comme j'en avais fait la remarque, Bontems, maintenant, dès que j'entrais, prenais grand soin de le fermer. C'était un geste d'accueil, une façon de me dire que ma visite ne lui était pas indifférente, qu'il m'en remerciait déjà, et qu'il souhaitait qu'elle ne me fût pas une gêne. C'était le seul moyen aussi qu'il avait en ce lieu d'être hospitalier. Nous nous asseyions, comme la première fois, sur le lit, fait au carré, à la couverture bien tirée. On voyait que Bontems avait été un soldat respectueux des consignes. La porte restait entrouverte, mais le gardien évitait de se montrer, même à distance, dans l'encadrement. Bontems commençait toujours par la même question : « Alors, maître, quelles nouvelles ? » C'était absurde. Je ne pouvais avoir de nouvelles à cette heure puisque chaque journée se jouait à l'aube. Je lui répondais : « Aucune, mon vieux, aucune. Il faut attendre. » Puis sans lui laisser le temps de me questionner encore, j'évoquais à nouveau la nécessité de consulter le conseil de la magistrature, le voyage du président en Afrique. Je lui disais qu'il ne prendrait la décision qu'à son retour, qu'il n'y avait rien à faire qu'à attendre. Il opinait. Je l'interrogeais (et c'était presque une injonction) « Et vous, ça va ? » Il répondait : « Bien sûr, maître. » Nous n'en disions pas plus. Pourquoi aurais-je laissé percer mon obsession ? Et lui devait sentir que s'il se laissait aller, même un instant, à parler de ce qu'il vivait, là, dans cette cellule, son angoisse serait libérée par ses propos et il ne la maîtriserait plus. Alors nous parlions, ou plutôt je le faisais parler. Je commençais seulement à présent à le connaître, à comprendre ce qu'avait été sa vie et l'homme qu'il était. Il me montra un cahier d'écolier :« J'écris un roman », me dit-il et vite avec un sourire gêné il ajouta : « C'est mal écrit. » Je l'interrogeai. C'était évidemment son histoire. « Il y en a trois cahiers. J'ai donné les deux autres à Me Lemaire. Maintenant je me dépêche de finir. Vous savez, à la centrale, on ne me laissera pas écrire, alors il faut que je termine. » À la centrale ? J'approuvai chaudement, je félicitai Bontems. C'était une très bonne idée. Nous revenions souvent sur ce livre. Je lui demandai un jour s'il avait des photos pour l'illustrer. Il hésita un peu, puis sortit de son portefeuille la photo de ses parents. Je la regardai longuement. Son père avait le visage des soldats de 14, avec une moustache et dans le regard une expression à la fois rude et naïve. Cette paysanne à son côté, qui se tenait bien droite, était la mère de Bontems. Je lui rendis la photo en silence. Il la reprit et la rangea sans la regarder. Le lendemain pourtant, la photo était posée sur la table, ou plutôt le panneau de bois scellé au mur qui lui en tenait lieu. Il me montra d'autres photos qui le représentaient. C'était Bontems adolescent, et surtout Bontems jeune soldat, que je découvrais. Il avait été ce jeune fanfaron, au visage rond, fier de son uniforme entre deux copains qui posaient comme lui. L'une des photos avait visiblement sa faveur. Il la tournait et la retournait entre ses mains et continuait de la contempler après que je la lui eus rendue. Il y figurait en tenue de saut, en battle-dress, le casque sur l'oreille. C'était là son heure de gloire. Je pensais qu'il avait dû la montrer souvent, cette photo ternie, aux coins cassés, hier aux copains, aujourd'hui aux gardiens. Comment n'aurait-il pas aimé cette représentation de lui-même, avec tout ce que le harnachement, les armes évoquaient d'héroïsme, comme une image d'Epinal ? C'était sans doute cette idée de lui-même, et la morale de cette époque et de ce groupe : « Ne pas se plaindre », « Etre un homme », « Montrer qu'on en a », qui interdisaient à Bontems toute expression de son angoisse, qui le tenaient prisonnier dans son attitude virile, sans qu'il puisse s'abandonner. C'était bien ainsi. En tout cas pour tous les autres, le surveillant-chef, les gardiens et nous ses avocats, la tâche était rendue plus facile. Mais derrière ce courage qui l'enveloppait comme un uniforme, le petit garçon inquiet de jadis devait bien vivre encore, comme en chacun de nous, et c'était lui et non le parachutiste athlétique que devait guetter l'aube.

Parfois, en dépit de nos efforts à tous deux, le silence d'un coup s'établissait. Nous restions assis l'un près de l'autre, sans rien dire. Nous n'étions pas gênés. J'avais même le sentiment que c'était ainsi, dans ce silence, que je lui étais le plus utile. Il n'était plus seul, pour un moment. Mais en même temps il n'était plus tenu de parler, d'interroger, de répondre, de se forcer à s'intéresser à ce monde dont il ne savait plus s'il était encore le sien. Du couloir montait le bruit des pas traînant d'un gardien ou bien une serrure claquait. Mais la pause était brève. Prolonger le silence eût été avouer que rien ne comptait, hors cette attente secrète de bête terrée, tendue vers l'invisible pour essayer de comprendre, de sentir ce qui vient. Alors je lançais un propos sans importance, mais susceptible de le ramener au quotidien, à l'immédiat, rien de plus. Je lui racontais un exploit sportif, un record battu le dimanche précédent, car je savais qu'il aimait le sport et les athlètes. J'enchaînais sur les jeux de Munich, encore récents, je m'enthousiasmais pour Mark Spitz. Je sentais son attention très présente, il revenait à moi, à nous, il me parlait haltérophilie, citait les champions russes, hongrois. Je lui posais des questions sur la technique de l'arraché, du bras tendu. Il s'animait, mimait l'effort, souriait. Je pouvais aller, à présent, le laisser jusqu'au lendemain. Philippe Lemaire viendrait le voir cet après-midi, comme tous les jours. Il était prêt à vivre encore ce jour-là. Que pouvions-nous d'autre, à présent, pour lui ?

Pour nous, ce n'était pas la venue de l'aube mais celle du crépuscule qui faisait renaître l'angoisse. Je savais que les avocats sont avisés de l'exécution par téléphone du Parquet général, dans la soirée, à l'heure où les prisons sont déjà fermées. Sans doute pour éviter qu'ils n'aillent voir aussitôt leur client. Je ne crois pas d'ailleurs qu'ils le feraient, par pitié pour le condamné ou peut-être par lâcheté. Mais on ne prévient pas les avocats dont le client est gracié. Il avait donc été convenu entre nous que le premier qui recevrait le coup de téléphone en aviserait aussitôt les autres. Ainsi saurions-nous de suite qui devait mourir.

Je regagnais à six heures le bureau. J'avais dit à la standardiste de veiller à ce que l'une des lignes soit toujours libre, pour qu'on puisse m'appeler à coup sûr. L'attente commençait. Je me refusais à cette attente. Avec une grande application je me forçais à accomplir mes tâches du moment. Pour mieux contraindre mon attention, je notais avec l'avidité de certains étudiants tout ce que je pouvais retenir des phrases de mon interlocuteur. Mes clients devaient être un peu surpris de me voir si attentif au moindre de leurs propos. De même, j'interrogeais longuement mes correspondants téléphoniques avec une patience inhabituelle. Mais, tandis que je les écoutais, mon regard ne se détachait pas de l'appareil, là où un rectangle de lumière pouvait s'allumer, en indiquant que l'on appelait sur la ligne laissée libre. Parfois, en effet, je le voyais s'allumer. Sur l'autre poste, j'entendais la sonnerie qui indiquait que la standardiste voulait me parler. Le sang refluait en moi. J'attendais un instant, touchais absurdement le bois de mon bureau, et décrochais. C'était une communication sans importance. Elles étaient toutes sans importance, à cette heure-là, hormis une seule qui ne venait pas.

Je rentrais tard. Non que j'eusse le goût de m'attarder en ce moment à mon cabinet. Mais parce que je préférais, si la nouvelle venait, la recevoir seul, l'affronter seul, me ressaisir s'il le fallait avant de rentrer chez moi. Enfin, neuf heures venaient. Je me disais que c'était fini pour cette nuit, que demain je retrouverais Bontems à la Santé. Je regagnais la maison. Je pensais que peut-être on avait téléphoné à mon domicile et que ma femme n'avait pas voulu me prévenir aussitôt. J'entrais, tout était comme à l'accoutumée. Ma femme m'attendait ; nous nous regardions et nous savions que rien n'était décidé, qu'il fallait continuer d'attendre. Avant de retourner le lendemain matin à la Santé.

Ce qui m'exaspérait et rendait plus cruelle encore cette attente, c'était le sentiment de ne pouvoir plus rien faire pour la défense de Bontems. Tout au plus pouvais-je écrire ou parler contre la peine de mort. Les auditeurs ou les lecteurs s'indignaient de la passion que j'y mettais. Je recevais des lettres, toujours anonymes, dont les auteurs souhaitaient en conclusion de leur philippique contre les défenseurs d'assassins, que ma femme et mes enfants soient égorgés sous mes yeux pour voir si je jouerais encore les bons apôtres. Je retrouvais dans ces lettres la haine qui emportait la foule à Troyes. Le hasard d'un tirage au sort pouvait faire d'un de ces furieux un juré. Décidément la peine de mort devait disparaître de notre Droit.

Le président de la République était parti. Après deux jours je conclus qu'il n'avait pas pris encore sa décision. Je doutais en effet que, l'ayant prise, il en eût différé l'exécution. Si la mort devait venir, cette attente était pour les condamnés un supplice supplémentaire. Si le président avait décidé de gracier, ne serait-ce que l'un d'entre eux, cette attente était un supplice inutile. Avait-il recueilli l'avis du conseil de la magistrature ? Les rumeurs les plus contradictoires circulaient sur ce point. Le secret était pour une fois bien gardé. Le président reviendrait d'Afrique le samedi. Nous connaîtrions donc la décision, quelle qu'elle fût, la semaine suivante. Je calculais que deux semaines se seraient écoulées depuis notre visite à l'Elysée. Deux semaines... Une éternité. Mais qui s'en souciait hormis nous ?

A la Santé cependant, le surveillant-chef qui m'accueillait tous les matins d'un rituel « Bien dormi, maître ? » par sympathie ou ironie, ou peut-être les deux, trouvait, et les gardiens avec lui, le temps long. Il me le disait chaque jour en me raccompagnant le long du couloir : « C'est dur pour eux. » Buffet marchait jusqu'à l'aube. Puis s'endormait de fatigue. Sans doute, l'animal en lui n'était pas résigné à la mort qu'il attendait, qu'il réclamait. Bontems, au contraire, se couchait au crépuscule, gagnait quelques heures de sommeil grâce aux somnifères que le docteur autorisait (par petites doses, pour éviter une tentative de suicide). Il se réveillait bien avant l'aube. Il fumait, allongé sur le lit, une cigarette après l'autre. Le jour venait enfin, il se rendormait parfois.

Ma vie aussi s'était modelée sur cette attente. Ma journée s'ouvrait sur ma visite à la Santé. Sans elle j'aurais eu l'impression d'avoir manqué à la défense. Puisque la défense maintenant se résumait à ces minutes passées auprès de Bontems. La journée s'achevait sur ces heures de solitude à mon cabinet, où, même entouré de présences amicales, amarré à la vie quotidienne par le lien des habitudes et des obligations, je vivais dans cette attente secrète du rectangle s'allumant sur le cadran du téléphone. J'avais beau me dire que rien ne surviendrait avant le retour du président à Paris. Mon esprit le savait, l'acceptait. Mais je continuais à guetter, comme si au mépris de toute logique (où était la logique dans ce que je vivais ?) le téléphone allait sonner, la secrétaire m'appeler et j'allais enfin savoir. Et savoir pour moi, cela voulait dire m'entendre annoncer la grâce de Bontems.

Le samedi vint, le deuxième. Il ouvrait une parenthèse. La tension se relâchait. Samedi, dimanche, rien ne pouvait advenir. Bontems le savait aussi. Je lui avais dit la veille, comme d'habitude en le quittant : « A demain, mon vieux. » Et lui : « Demain, maître, si vous avez mieux à faire, ne venez pas, il ne se passera rien. » Sans relever le propos, j'avais répété : « A demain » et j'avais ajouté : « Je viendrai un peu plus tard, vous savez, c'est samedi. » J'étais parti sur ce mot, samedi, parce que je pensais que peut-être il dormirait cette nuit.

Ce matin-là, comme les autres, j'ouvris mon poste. J'écoutai le premier bulletin d'information. J'appris le retour du président. Puis après quelques informations, sans importance, le journaliste enchaîna en donnant les résultats d'un sondage sur la peine de mort qu'on allait publier le jour même dans un grand quotidien. Je restai stupéfait. Non des pourcentages (je savais bien que les Français en leur majorité étaient favorables à la peine de mort). Mais la publication à ce moment précis d'un tel sondage me parut chargée d'une signification redoutable. Bien sûr, il n'exprimait peut-être que la bassesse d'âme d'un rédacteur qui avait jugé bon de mettre la peine de mort à la une, puisqu'elle était dans l'actualité, et qui avait trouvé raccrocheur ce sondage sans mesurer qu'il serait interprété comme l'adhésion par avance des Français à l'exécution de Buffet — et peut-être de Bontems. Mais je redoutais le pire. Je savais la dévotion notoire de ce journal à la politique élyséenne. Sans doute, je n'allais pas jusqu'à croire que le président de la République avait pu inciter à la publication de ce sondage, parce que, ayant décidé de faire exécuter les condamnés, il voulait montrer à l'opinion publique qu'il était en accord avec elle. Un tel calcul politique s'agissant d'une telle décision me paraissait impossible chez celui qui exerçait à cet instant le droit de vie ou de mort. Mais le fait était là. Le sondage était publié au jour du retour présidentiel alors que tout laissait à penser que la décision serait connue dans les jours à venir. Ceux qui le publiaient n'étaient pas hommes à braver la colère du président. Se seraient-ils hasardés à proclamer ainsi la faveur des Français à la peine capitale s'ils pensaient que le président inclinait à gracier les deux hommes ? Je ne pouvais à coup sûr savoir si les augures exprimaient bien la pensée de la divinité. Mais ce qu'ils exprimaient s'avérait sinistre pour Buffet et peut-être pour Bontems.

Pour la première fois, devant ce sondage, je doutai du sort de Bontems. Pour la première fois, je réalisai que pour l'opinion publique, il était indissolublement lié à Buffet. Ils étaient bien tous deux « les assassins de Clairvaux », même si lui n'avait pas assassiné. Ce que je croyais évidence irrésistible : celui qui n'a pas tué ne peut être tué, s'estompait devant une autre, plus forte encore. Buffet et Bontems avaient agi ensemble, ils connaîtraient le même sort. Qu'importait dès lors que Buffet ait deux fois donné la mort, et que Bontems n'ait jamais tué. Qu'importait même que Buffet réclamât la mort, en menaçant de la donner encore si on la lui refusait, alors que Bontems demandait à vivre, et que rien, hormis la haine, ne commandait qu'il mourût puisque l'administration pénitentiaire assumait la responsabilité d'êtres plus dangereux. Nos efforts, pour que l'on distinguât Bontems de Buffet, avaient été vains. Buffet l'emportait finalement. Son camarade le suivrait jusqu'au terme de leur entreprise. Je n'eus pas ce jour-là le cœur à me rendre à la Santé. Bontems aurait trop aisément déchiffré mon visage.

La mort vint par surprise. A un moment où, sentinelle fatiguée, j'avais cessé de guetter. Un ami m'avait appelé le dimanche pour me dire que le conseil de la magistrature était convoqué pour le mardi soir. Je savais qu'il était toujours bien informé. Je le remerciai. Cette précision me ramenait à la réalité. Rien n'était donc acquis. J'aurais dû m'irriter de ce délai qui prolongeait l'attente. Au contraire, j'en fus soulagé. Il ne se passerait rien jusqu'à mercredi soir, au plus tôt.

Je retournai à la Santé lundi matin, comme à l'accoutumée. Je pouvais affronter Bontems sans crainte qu'il devinât mon angoisse. Par facilité, j'annonçai la nouvelle à Bontems en renvoyant au mercredi la réunion du conseil. Il n'attendrait donc pas la décision avant jeudi. Je lui assurais, ainsi, pensai-je, une sorte de répit. Je lui mentais, par facilité ou charité, pour la première fois. Il accueillit mon propos sans émotion, presque avec détachement. Nous parlâmes d'autres choses, mais je sentais que mes propos ne l'atteignaient pas, qu'il était, ce matin-là, retranché en lui-même. En regardant la table où s'empilaient des livres, des illustrés pour enfants, je reconnus, bien plié, le journal où s'étalait le sondage. Comment était-il parvenu là ? Je ne l'interrogeai pas, n'y fis pas allusion. Sans doute ai-je eu tort. Mieux aurait valu conjurer l'impression en lui parlant librement. Je me demandai seulement si ceux qui avaient publié ce sondage avaient pensé qu'il tomberait sous les yeux des condamnés. Probablement auraient-ils haussé les épaules. Pourquoi ménagerait-on les assassins ? Ils ne ménagent pas leurs victimes. C'était si facile d'avoir bonne conscience quand il s'agit d'assassins.

Je quittai Bontems en regrettant de ne pouvoir venir le lendemain. C'était jour de cours. Il sourit en me disant que ça n'avait pas d'importance, que c'était très bien comme ça. Il portait toujours ses lunettes à présent. Debout ainsi, près de la table, avec ses lunettes, ce sourire, me serrant la main, il avait l'air d'un jeune instituteur qui saluerait cordialement le directeur. Dans ce costume pénitentiaire, c'était absurde et touchant, comme si on avait vu un autre Bontems, celui qu'il aurait pu être si la vie avait été autre pour lui. Je ne crois pas à la prédestination des criminels. Je ne crois même pas à leur destin. Sauf quand la vie s'arrête et que tout est dit pour eux.

Ce fut bien par téléphone qu'Elle s'annonça. Mais la secrétaire n'avait pas compris le nom du magistrat. Je pensais, en prenant la communication, qu'il s'agissait d'un client. J'entendis une voix que je ne connaissais pas me dire : « Maître, ici le Parquet général. L'exécution est fixée à cette nuit. » Le vide se fit en moi. Je restai silencieux. La voix reprit : « Où dois-je vous envoyer le laissez-passer ? » Je répondis : « Chez moi », et donnai l'adresse. Je demandai : « Et Buffet ? — Oui, tous les deux. » Je demandai encore : « C'est à quelle heure ? — A quatre heures et demie, comme d'habitude », répondit la voix. Ce fut tout.

Mon jeune associé, assis en face de moi, me regardait. Je lui recommandai de ne rien dire à quiconque de ce qu'il venait d'apprendre en même temps que moi. Il opina silencieusement. Je jurai doucement, j'insultai à voix basse tous ceux qui allaient faire mourir cet homme qui n'avait pas tué, et tous ceux qui s'en félicitaient. Je ne bougeais pas. J'évitais même de remuer. J'attendais. Je me rassemblais. Je n'éprouvais rien que cette impression de vide étrange. Je toussai comme pour m'éclaircir la gorge, et dis à mon associé que je le verrais tout à l'heure. Il me demanda s'il pouvait faire quelque chose. « Non merci. » J'étais seul.

Pas pour longtemps. Déjà Rémy Crauste m'appelait. « Et Bontems ? — Bontems aussi. » Il s'indigna. Où était Thierry Lévy ? Il l'ignorait. Il fallait le prévenir. Et Lemaire ? Je m'en chargeais. Nous convînmes de nous rappeler. J'étais seul à nouveau. Je posai mes bras croisés sur la table. Je pensai : « C'est donc ça, c'est arrivé. » Je pensai aussi que Bontems ne savait rien encore. Le moment était venu pour moi de faire face. Surtout, ne rien montrer, ne rien laisser paraître. D'abord agir, faire comme si cela ne changeait rien, continuer. Je décrochai le téléphone, fis le numéro de Philippe. Il n'était pas là. Je laissai le message : qu'il m'appelle dès son retour. J'attendis. La sonnerie retentit. Ce n'était pas Philippe. Ma secrétaire me rappelait qu'un client attendait toujours au salon. Je l'avais oublié. Mais l'occasion était bonne de me prouver que tout continuait comme une heure plus tôt. Pour revenir par ce biais à la vie, pour m'accrocher au quotidien. Je me levai, allai le chercher, l'invitai à s'asseoir. Il parla de son affaire que je connaissais déjà, par chance. Mon attention ne se relâchait pas. Je répondis à ses questions. Je ne précipitais même pas l'entretien. Simplement, j'étais, moi, absent de cette conversation, de ces propos que j'entendais ou que je formulais. J'étais ailleurs. Mais j'étais reconnaissant à cet étranger d'être là, près de moi, de me parler de ce qui ne m'intéressait ni ne m'ennuyait, mais qui me retenait si bien dans l'immédiat. Le téléphone sonna à nouveau. C'était Philippe. Il était hors de lui. Il bégayait de rage. « Il faut faire quelque chose. » Il évoqua diverses interventions, cita des noms de personnages politiques bien en cour qui pourraient convaincre le président, le faire changer d'avis, au moins différer l'exécution. Je ne le contrariai pas. Je ne le dissuadai pas. Je savais que rien n'était plus possible. Je lui demandai seulement s'il savait où se trouvait Thierry Lévy qu'il fallait joindre à tout prix. Il se calma d'un coup, me dit que Thierry l'avait appelé. Nous parlâmes des détails. Le plus simple serait d'y aller ensemble. Tous les quatre. Je lui proposai de nous retrouver chez moi vers trois heures du matin. Nous pourrions boire du thé. « C'est ça, avec du rhum », ricana-t-il. Je ricanais moi aussi.

Je revins à mon client. Mais je sentis presque aussitôt que je ne pouvais plus poursuivre l'entretien. L'irruption de Philippe avait fait éclater cette défense-là. C'en était fini du jour, du quotidien. J'appartenais maintenant tout entier à ce qui allait suivre. J'avais besoin de rassembler mes forces pour la nuit qui commençait. Je ne voulais plus parler. Je ne voulais plus écouter cet étranger. Il dut le sentir car de lui-même, il prit congé, en s'excusant, presque aussitôt. Je le raccompagnai. En revenant, je me regardai dans la glace de mon bureau. J'étais pâle, mais guère plus qu'à l'ordinaire. Je me touchai les joues que la barbe marquait déjà à cette heure-là. Je pensai qu'il faudrait me raser, par politesse, pour Bontems qui allait mourir.

C'était la première fois, depuis que j'avais reçu la nouvelle, que cette pensée se faisait jour. C'était donc cela. Bontems allait mourir.

Qu'est-ce donc qui rendait si importante cette mort-là pour moi ? Je le connaissais peu. Bontems était jeune, mais bien d'autres étaient morts et mourraient aussi jeunes, plus jeunes encore. Il laissait des parents ? En réalité, il y avait bien longtemps qu'il les avait laissés derrière lui. Que représentait réellement, même pour eux, un homme voué à la détention à perpétuité ? Et pour lui-même, après tout, ne valait-il pas mieux en finir ainsi que de pourrir, sa vie durant, dans une centrale, lui, le complice de Buffet, l'assassin de Clairvaux ? A tout prendre, c'était Buffet qui avait raison, qui voyait clair. Pour eux, dans ce monde pénitentiaire, après Clairvaux, il n'y avait pas d'issue possible hors la mort. Jamais, en y réfléchissant, Bontems ne m'avait dit qu'il souhaitait vivre. Il est vrai qu'il n'avait pas dit non plus qu'il préférait mourir. Je m'arrêtai là. Je savais que Bontems voulait vivre. Chacun de ses propos montrait qu'il appartenait à cette vie, qu'il n'en était pas las, qu'aussi misérable qu'elle fût, c'était encore sa vie, encore la vie. On allait tuer un animal qui voulait, qui pouvait vivre. Pourquoi ? Il n'y avait pas vraiment de raison. Les otages étaient morts, bien sûr, pas de sa main, mais aussi par sa faute. Etait-ce suffisant pour qu'on le tue à son tour ? La femme du gardien et le mari de l'infirmière seraient-ils moins malheureux demain quand Bontems serait mort, décapité ? Etait-ce là le remède, à supposer qu'il y en eût un ? Et demain, tous ceux qui dans les prisons rêvaient à des prises d'otages, ceux-là, en apprenant la nouvelle de l'exécution, abandonneraient-ils leur projet ? Allez donc ! La mort de Buffet et de Bontems exercerait au contraire sur eux une fascination secrète qui les pousserait plus avant dans leurs entreprises. Quelques semaines à peine s'étaient écoulées depuis le verdict de Troyes, et à Fresnes, un prisonnier avait saisi à l'hôpital une infirmière, et le bistouri à la main, menacé de l'égorger si on ne lui donnait pas aussitôt les moyens de la liberté. La malheureuse n'avait dû son salut qu'à l'intervention d'un détenu qui avait assommé le forcené. Belle illustration de l'exemplarité de la peine ! La vérité était que Bontems allait mourir parce qu'il était plus simple, plus commode de l'exécuter que de le laisser vivre. C'était ce renoncement, cette démission, que je n'avais pas su interdire, et qui s'appelait la Justice. Allons, mon maître avait raison. Maintenant j'étais au bout de ma course, maintenant seulement, je heurtais le mur lisse. Maintenant, je ne pouvais plus rien. J'étais cette impuissance, un avocat au bout de la nuit.

Je n'y étais pas encore parvenu. Il me fallait traverser ces heures qui m'en séparaient. Je devais à présent rentrer chez moi. Ma femme s'y trouverait. Il me faudrait lui dire la nouvelle. Je ne voulais pas qu'elle fût seule avec moi à supporter la longue attente. J'ignorais comment j'allais la vivre. Il me fallait requérir une présence chaleureuse, amicale, et cependant détachée de mes obsessions. Mon ami Jean-Denis Bredin avait vécu de trop près cette affaire. Il en était lui aussi possédé. Il ne fallait pas qu'il vienne, pour lui, pour moi. J'hésitai un moment entre plusieurs noms. Je savais que les uns et les autres se seraient rendus sans balancer, à mon appel. Enfin, je téléphonai à mon ami Charles. Par bonheur, il était là. Il m'écouta en silence, et me dit qu'il serait chez moi dans une heure. J'en fus réconforté. Une présence amicale pouvait donc quelque chose, en toute circonstance. Je quittai le bureau. Je n'avais plus rien à y faire, ce soir-là.

A trois heures, le réveil sonna. J'étais allongé dans l'obscurité, ma femme près de moi. Nous nous taisions, depuis longtemps. Je me levai. J'usai les minutes à des préparatifs, à des gestes apaisants de ménagère. Je fis couler un bain brûlant, je mis de l'eau sur le feu. Je me rasai longuement. Je choisi avec soin un complet sombre, une chemise pâle, une cravate unie. C'était dérisoire, et cependant, je ne pouvais m'empêcher de penser qu'il fallait faire honneur à Bontems, qu'il fallait s'habiller avec respect pour voir un homme mourir, que c'était une politesse nécessaire. Je me demandai un instant si on allait lui rendre son pantalon, sa chemise, pour qu'il aille à la mort dans ses vêtements, et non dans le hideux costume pénitentiaire. Quand je fus prêt, j'allai à la fenêtre. J'ouvris les rideaux. Pas un bruit ne montait de l'avenue. Les réverbères luisaient dans la nuit. Il avait dû pleuvoir.

J'entendis sonner. Je courus à la porte. Philippe Lemaire était là, seul. Il entra. Je lui demandai où étaient les autres. Nous devions passer les prendre chez Rémy Crauste. Il fallait partir, tout de suite. J'allais chercher mon manteau, ma grosse écharpe. Il ferait froid, sûrement. Ma femme, debout dans l'antichambre, insista pour que nous prenions une tasse de thé. Il était prêt. Nous nous assîmes dans la cuisine. Philippe nous raconta comment, en ouvrant la porte, il avait trouvé deux photographes sur son paillasson. « Ils sont en bas, me dit-il. Ils m'ont suivi. » Je haussai les épaules. C'était sans importance, comme tout le reste, hormis ce qui se préparait là-bas.

Le thé était bon, très chaud. Philippe reposa sa tasse. Sur le pas de la porte, ma femme nous embrassa tous deux. Je lui avais dit où je la retrouverais, quand tout serait fini. Je sortis de la maison comme on quitte un abri, très vite.

Dehors, en effet, il faisait froid. Les photographes attendaient sur le trottoir. Nous nous engouffrâmes dans la voiture de Philippe. C'était celle qui nous avait menés à

Troyes, en juin. Nous étions seuls, ensemble, assis l'un à côté de l'autre, de nouveau. Nous gardions le silence. Nous traversâmes Paris, la voiture des journalistes toujours derrière nous. Paris était vide. Nous roulions rapidement.

Franchi la Seine, Philippe s'égara dans les sens interdits. Nous laissâmes la voiture, gagnâmes à pied la rue où demeurait Crauste. Philippe hésitait, ne se souvenait plus du numéro. Il commençait à s'énerver ; moi aussi. Je lui montrai deux fenêtres éclairées, les seules qui brillaient dans la rue. Philippe hésitait encore, puis se décida à monter. Les journalistes étaient là, au coin de la rue. Je pensais qu'eux devaient connaître, à coup sûr, l'adresse de Rémy Crauste. Je marchai vers eux, les rejoignis. Déjà, Philippe revenait avec nos amis. Je trouvai Thierry Lévy très pâle, dans sa grande pelisse noire. Nous n'échangeâmes pas un mot. C'était inutile. Nous repartîmes aussitôt, toujours avec notre escorte. En route, je leur répétais quelques conseils que je tenais de mon maître. Je n'y croyais pas. Eux non plus sans doute. Ce devait une de ces recettes que les avocats se passent de génération en génération. C'était un peu ridicule, mais au moins, je rappelais ainsi, indirectement, que d'autres avant nous avaient vécu les mêmes moments et les avaient surmontés. Après tout, c'était notre première exécution.

Nous arrivâmes. La rue de la Santé était

barrée des deux côtés par des policiers. Nous nous arrêtâmes devant le barrage, déclinâmes nos identités, comme chez le président de la République. Il fallait exhiber nos laissez-passer, nos cartes d'avocat. Les flashes des photographes jaillirent. Je baissai les paupières. Les lumières faisaient mal. Enfin, le barrage s'ouvrit sur la rue vide. Philippe rangea sa voiture le long du trottoir, tout près de l'entrée. D'autres voitures étaient déjà garées. Je pensai qu'il y avait là beaucoup de monde, des gendarmes, des civils, des policiers autour de la grande porte. Nous pénétrâmes comme d'habitude par la petite porte sur le côté, par où passent les avocats, les visiteurs. J'avais gardé mon laissez-passer à la main. Quelques mètres encore, une autre porte à franchir. J'entrai dans la cour. La guillotine était là.

Je ne m'attendais pas à la trouver tout de suite devant moi. Je m'étais imaginé qu'elle serait cachée quelque part, dans une cour retirée. Mais c'était bien elle, telle que je l'avais vue, comme chacun de nous, sur tant de vieilles photographies et d'estampes. Je fus surpris cependant par les montants, très hauts, très minces qui se découpaient sur la verrière, derrière elle. Par contraste, le corps de la machine me parut petit, comme un coffre assez court. Mais telle quelle, avec ses deux grands bras maigres dressés, elle exprimait si bien la mort qu'elle paraissait la mort elle-même, devenue chose, matérialisée, dans cet espace nu. L'impression était encore ren-

TTT 22.50 France 2 Documentaire

Badinter contre la peine de mort

Le procès Patrick Henry

| Documentaire de Franck Johannès et Caroline du Saint (France, 2025) | 75 mn. Inédit | Avec Loïc Corbery, Jérémy Lopez, Éric Génovèse... de la Comédie-Française.

En janvier 1977, la cour d'assises de Troyes juge Patrick Henry, kidnappeur et meurtrier du petit Philippe Bertrand, défendu par Robert Badinter. Abolitionniste fervent, le futur garde des Sceaux a échoué, cinq ans plus tôt, devant cette même cour, à sauver de la guillotine Roger Bontems, exécuté avec Claude Buffet (alors que Bontems n'avait pas tué). L'avocat – qui sera panthéonisé le vendredi 9 octobre – tient alors une nouvelle occasion de faire le procès de la peine capitale. Ce sera la bonne, avant l'abolition légale, le 9 octobre 1981.

Dans un geste audacieux et réussi, Caroline du Saint et Franck Johannès (journaliste au *Monde*, qui appartient au même groupe que *Télérama*) s'associent aux comédiens du Français afin de faire revivre le procès. Dans un décor délibérément minimal et irréel – ni public ni jurés, une ambiance obscure de théâtre –, Loïc Corbery incarne ce Badinter fiévreux, à la limite de l'agressivité, qui apostrophe le jury d'une voix vibrante. Ce dispositif s'enrichit d'archives, rappelant que, dans la France des années 1970, la foule hurlait *« à mort »* devant la cour... Nul doute qu'Henry est coupable ; c'est donc au principe de la peine de mort que Badinter s'en prend. Sa plaidoirie, fidèle aux retranscriptions du procès, et la voix off, tirée de son livre *L'Abolition* (2000), cisèlent les arguments philosophiques, politiques et moraux qui éviteront à un coupable la lame qui *« coupe un homme en deux »*. Une mise en forme diablement efficace pour ressusciter un procès historique et enrichie, dans les dernières secondes, d'une bouleversante archive sonore... ▷ *Juliette Bénabent*

Précédé de *Robert Badinter, la vie avant tout* (lire ci-dessous).

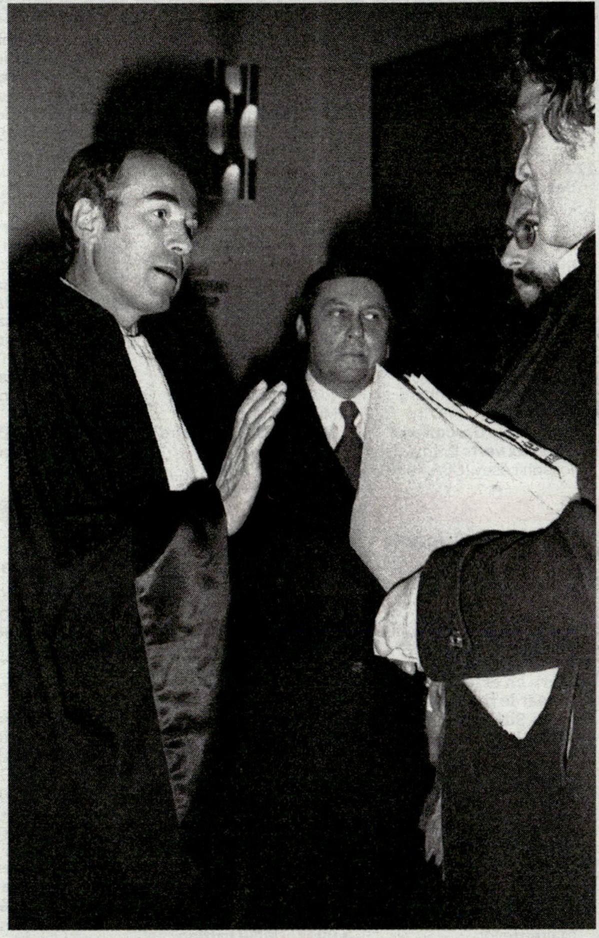

octobre 1981,
à l'Assemblée
nale, il cite Jean
: *« La peine*
rt est contraire
e l'humanité
deux mille ans
de plus haut
plus noble. »

TCM Cinéma 83 45 162 63 123

8.30 Les Tricheurs Drame de Marcel Carné (Fr/Ita, 1958). NB.
10.30 Saint-Tropez Blues Comédie dramatique de Marcel Moussy (Fr/Ita, 1961).
12.00 L'Affaire des poisons Film historique d'Henri Decoin (Fr/Ita, 1955).
13.50 L'Homme qui en savait trop Film de suspense d'Alfred Hitchcock (USA, 1956).
15.50 Underwater! Film d'aventures de John Sturges (USA, 1955).
17.25 Tycoon Film d'aventures de Richard Wallace (USA, 1947).
19.30 Le Garçon aux cheveux verts Drame de Joseph Losey (USA, 1948).

20.50 TT

Taza, fils de Cochise

Western de Douglas Sirk (USA, 1954). 80 mn. Avec Rock Hudson, Rex Reason, Barbara Rush.

▶ **À l'origine conçu pour des projections en 3D, ce western en extérieurs signé par le roi du mélo Douglas Sirk ne manque pas de relief…**

22.10 Le Grand McLintock Western d'Andrew V. McLaglen (USA, 1963). Avec John Wayne, Maureen O'Hara.
0.15 Adieu ma belle Film noir d'Edward Dmytryk (USA, 1944). NB. VO. Avec Dick Powell, Claire Trevor.

Mezzo 160 200 260 167 263

11.25 David Grimal, Les Dissonances *Prokofiev, Chostakovitch.* À Paris, en 2022.
12.50 Intermezzo
12.55 Yehudi Menuhin, le violon du siècle (Fr, 1994).
14.50 Tugan Sokhiev et l'Orchestre du Capitole de Toulouse *Prokofiev, Chostakovitch.* En 2021.
16.25 Christian Arming et le Philharmonique royal de Liège *Mendelssohn, Chostakovitch.* En 2017.
18.35 Don Quichotte Ballet. Chorégraphie : José Carlos Martínez. Musique de Ludwig Minkus. Par l'Orchestre national Bordeaux-Aquitaine. En 2023.

20.30 TTT

L'Orfeo

Opéra d'Antonio Sartorio. Par l'Ensemble Artaserse. Dir. Philippe Jaroussky. À Montpellier, en 2023. **LIRE** ci-dessous.

23.45 Yaron Herman Trio Lors de la 3e édition des Piano Jazz Sessions, à Paris, en 2022.
1.05 Duo Laura Perrudin et Thibault Florent Jazz à la Péniche, Maison Nougaro. À Toulouse, en 2021.
1.40 Astor Piazzolla : Libertango Lugano Estival Jazz, en 1974.
2.20 Intermezzo
3.00 Il trittico

Histoire TV 121 118 177 127 205

9.30 Margaret Thatcher, l'inoxydable
11.00 Mères révolutionnaires
12.40 Mystères d'archives *1930, le couronnement de l'empereur d'Éthiopie. 1967, la catastrophe du « Torrey Canyon ».*
13.35 L'ombre d'un doute *La peste de 1720 : a-t-on sacrifié Marseille ? Qui était Jésus ?*
15.20 Diana (GB, 2022).
17.35 À la recherche de l'art perdu (GB, 2014). *Le marchand d'art d'Hitler.*
18.15 Mythes et monstres *La guerre. Amour et trahison.*
19.45 Les Dernières Heures… *Indira Gandhi. IIIe Reich.*

20.50

Trump, la soif de revanche

De Bertrand Coq et Élodie Dubosq (Fr, 2024). 50 mn.

21.40 Musk tout-puissant
22.30 Undercover : infiltrer l'extrême droite (GB, 2024).
0.10 Poutine et les présidents français
1.10 De Nuremberg à Tokyo (Fr/Can/Jap, 2016).

▶ **Récit très documenté du procès de Tokyo, censé établir les responsabilités des dirigeants japonais dans les crimes de la guerre dans le Pacifique.**

2.05 Le Siècle de l'Asie (Sin, 2017). *Hirohito, l'empereur*

Paris Première 31 83 70 36 68

7.00 Caméra café
9.35 Amicalement vôtre Série (saison 1, 18, 9 et 22/24, GB, 1971). VM.
12.30 NCIS : Los Angeles Série (saison 3, 6, 9, 15, 3 et 8/24, USA, 2011). VM.
16.30 Les Têtes brûlées Série. *Un avion pour deux* (saison 1, 3/24, USA, 1976). *Le commando* (11/24). *Triangle infernal* (13/24). *Cinq pour un as* (18/24). *Hutch* (23/24).
21.00 Capitaine Marleau Série. Avec Corinne Masiero, Jean-Pierre Marielle. *Le domaine des sœurs Meyer* (saison 1, 2/7, Fr, 2015). *En trompe-l'œil* (5/7). *Au nom du fils* (saison 3, 8/8, 2020). → **2.35.**

Téva 33 84 71 35 53

21.00 Charlie's Angels Film d'action d'Elizabeth Banks (USA/All/Chn, 2019). VM. Avec Kristen Stewart, Naomi Scott.
23.05 Je suis une légende Film de science-fiction de Francis Lawrence (USA/GB, 2007). VM. Avec Will Smith. → **0.55.**

TV Breizh 32 54 73 37 54

17.30 Les Experts : Manhattan Série (saison 5, 10, 17, 19 et 20/25, USA/Can, 2009). VM.
20.50 Meurtres à…

RTL9 34 55 72 34 29

12.10 Blacklist Série. *Dr Adrian Shaw* (saison 4, 7/22, USA, 2016). *Dr Adrian Shaw* (8/22). VM.
13.45 New York, police judiciaire Série (saison 15, 3 à 6/24, USA, 2004).
17.00 Top Models Série.
18.30 FBI, portés disparus Série. *Quatre ans après* (saison 2, 16/24, USA, 2004). *Héros de guerre* (17/24). *Les jumeaux* (19/24).
20.55 Black Storm Film catastrophe de Steven Quale (USA, 2014). Avec Richard Armitage, Matt Walsh.
22.40 Twister De Jan de Bont (USA, 1996). Avec Helen Hunt, Bill Paxton.
0.35 Reporters → **1.40.**

Série Club 52 59 88 56

21.00 Most Wanted Criminals Série. *Terreur au centre commercial* (saison 3, 9/22, USA, 2021). *Victimes du système* (10/22). *Engrenage mortel* (11/22). *Manipulation génétique* (4/22). *Jamais sans ma fille* (6/22). VM.
1.05 The Equalizer Série. VM. → **3.15.**

Comédie+ 80 240 86 80

17.10 Faites-nous rire !
18.40 H Série (saison 1, 15 à 19/20, Fr, 1999).
21.10 Roland Magdane : Ma femme et moi Spectacle. Capté…

TV5 Monde 35 98 74 33 70

18.00 64', le monde en français
18.50 L'invité
19.05 Tout le monde veut prendre sa place
20.00 Journal (RTS)
20.30 Journal (France 2)
21.05 Échappées belles Magazine. Présentation : Anto Cocagne. *Lisbonne gourmande.*
22.40 L'actu news
23.15 Un dimanche à la campagne Présentation : Frédéric Lopez.
1.00 Journal Afrique
1.30 Piège mortel sur la Haute Route : chronique d'un drame (Sui, 2023).
3.00 Version française Présentation : Katherina Marx.
3.40 Un si grand soleil Série. → **4.00.**

13ème Rue 96 50 84 71

21.00 Chicago Police Department Série. VM. Avec Jason Beghe, Tracy Spiridakos. *La charge de la preuve* (saison 10, 9/… USA, 2022). *L'omerta* (10/22).
22.35 Chicago … Série. *Bloqués da…* *métro* (saison 1… USA, 2025). Re… (12/22). VM. →

Museum …

19.05 L… Phil S…
19.55 …
20.00 … de l'int…
21.00 Moi…

Le g… face… natio… Jaurès… de mo… à ce qu… depuis… a pensé… et rêvé de…

forcée par le dais noir, immense, tendu comme un vélum ou un chapiteau sur toute la cour. Il cachait ainsi la guillotine aux regards qui, d'en haut, auraient pu plonger sur elle. Ce dais qui dérobait tout le ciel, transformait la cour en une sorte de salle immense, où la guillotine se dressait seule comme une idole ou un autel maléfique. Les aides s'affairaient autour d'elle. Le symbole était aussi machine. Et cet aspect mécanique, utilitaire, confondu avec la mort qu'elle exprimait si fortement, rendait la guillotine ignoble et terrible.

Je passai à côté d'elle, me refusant à ralentir ou à presser le pas, à la contempler ou à l'esquiver. Elle était bien le terme de Clairvaux. Buffet ne s'y était jamais trompé.

Nous montâmes les marches, derrière elle, qui menaient au bâtiment de l'administration. Les carreaux de la porte vitrée avaient été obscurcis par du papier bleu, collé sur les montants, comme la défense passive l'exigeait pendant la guerre. Ainsi, ne pourrait-on voir de l'intérieur ce qui se passerait dans la cour. Nous gagnâmes le bureau du directeur. Il était plein de monde. Je reconnus le procureur de la République de Troyes qui avait requis la mort, et l'un des conseillers qui avaient jugé. Le président de la cour d'assises n'était pas là. Il s'était excusé. Il y avait aussi un juge d'instruction, son greffier, un représentant du Parquet général, un médecin, d'autres encore dont j'ignorais les visages et les fonctions. Tous se tenaient debout, silencieux ou échangeant à voix basse quelques propos. Nous serrâmes des mains. Pour un rien, on nous eût présenté des condoléances.

Mais l'administration veillait. Bientôt cinq heures. Il fallait faire vite. Le directeur, courtoisement, me prit à part. Il y avait un problème. Lequel donc ? Qui allait-on exécuter en premier ? Buffet ou Bontems ? Une voix à côté de moi suggéra Buffet. Il y était préparé, il n'y aurait pas d'histoires. Je dis au directeur que j'allais en parler avec mes amis. C'était à nous de choisir. Nous nous retirâmes dans le couloir. Je posai la question. L'accord se fit aussitôt. Buffet attendait la mort. Bontems la grâce. Buffet ne pouvait fléchir. Quelle serait la réaction de Bontems ? Il fallait donc pour lui que l'attente soit la plus brève possible, que les choses aillent vite, très vite. Bontems passerait le premier. Je rapportai notre décision au directeur de la Santé. Il me regarda, parut préoccupé, mais ne dit rien. Peut-être avions-nous empiété sur la prérogative du bourreau, ou bien était-il choqué que ce soit les avocats qui décident du tour de mort de leurs clients ? Nous étions au-delà de ces délicatesses. Nous avions gagné quelques minutes de moins à vivre pour Bontems. C'était notre succès, le seul.

Je ne pouvais plus supporter ce bureau, ces présences. Je regagnai le couloir. L'aumônier de la Santé était assis sur une banquette, en complet gris foncé, à col rond. Je pris place à ses côtés. Il me demanda : « C'est votre première exécution ? » J'acquiesçai. C'était aussi son cas. Thierry Lévy était debout, non loin. Je le voyais de profil. Il portait son propre masque, tout blanc. Un monsieur couperosé passa, le chapeau sur la tête, suivi du directeur. Il avait l'air mécontent. C'était le bourreau. J'entendis : « Il faut y aller, il est temps. » J'avais très chaud, dans ce corridor. J'enlevai mon pardessus, allai le poser dans le bureau du directeur. Tout le monde en sortait, en désordre. Je me hâtai de rejoindre le groupe, qui marchait à pas pressés. Je retrouvai Philippe, me plaçai près de lui. Nous franchîmes la première porte, entrâmes dans la rotonde. Je cherchai des yeux le surveillant-chef. Il n'était pas là. La marche s'accéléra encore. Les gardiens ouvraient les grilles très vite, nous avancions à grands pas, nous courions presque dans le couloir. C'était grotesque et sinistre à la fois. Le cortège s'immobilisa. Nous étions arrivés devant la cellule de Bontems. Un gardien faisait jouer le verrou à toute force. La porte s'ouvrit tout grand, la lumière jaillit. Bontems sauta du lit, torse nu. Il retenait son caleçon d'une main, ses yeux clignotaient. Je le vis sourire et j'entendis : « Alors c'est oui ou c'est non ? » Déjà le procureur de la République était dans la cellule. Il disait la phrase rituelle, du moins je le crois, car dans la confusion, il ressortait tandis que nous entrions Philippe et moi dans la cellule, avec des gardiens.

Alors commença une chose extraordinaire. Philippe prit Bontems par le cou et lui parla. Ce n'était pas un discours, mais une incantation verbale où, sans cesse, revenait le mot courage. « Tu es bien, tu es formidable, tu as du courage. » Je ne sais pas si Bontems comprenait tout ce que Philippe lui disait, à phrases décousues. Mais elles entraient en lui, le protégeaient, écartant la réalité. Seule importait la voix amicale, les mots familiers, cette tendresse secrète qui faisait irruption, dans cette cellule, et berçait Bontems au moment de mourir. Ce que Philippe accomplit en cet instant dépassa tout ce qu'un avocat peut espérer jamais atteindre au service de la défense. Il interdit à l'horreur d'entrer, il ferma Bontems à la peur, à l'angoisse, le protégea contre tant d'ignominie, comme une mère son petit. Et Bontems, magnétisé par cette tendresse, cette force que Philippe déversait en lui, continuait de sourire. Il avait mis ses lunettes, il enfilait sa chemise. Il voulait se rouler une cigarette, ne trouvait plus le tabac. Nous nous fouillions. Un gardien, vite, lui en tendit une déjà allumée. Maintenant, il était maître de lui, et, parce qu'il allait mourir, de nous aussi qui l'entourions. Il dit : « Bon, eh bien ! je vais faire un brin de toilette. » Nous le vîmes se passer de l'eau sur le visage, se peigner, pisser. Et, rajustant son pantalon, face à la porte entrouverte, il lança à la cantonade : « Alors, tu bandes ! » à l'adresse de l'avocat général. Ce fut son seul mot de révolte ou de vengeance. Déjà, il s'inquiétait auprès de Philippe : « Maître, je n'ai pas écrit de lettre à mes parents. » Il avait donc toujours cru en la grâce. Nous l'avions trop bien convaincu. Il pourrait écrire à la Rotonde. Le gardien-chef, celui qui avait donné la cigarette, nous fit signe. Il était temps de quitter la cellule. Avant de sortir, Bontems remit à Philippe ses photos, des papiers. Puis il nous regarda et dit : « Eh bien, allons-y ! » Nous repartîmes, à travers les couloirs, les grilles ouvertes. Des gardiens ouvraient la voie, Bontems derrière eux, Philippe le bras autour de ses épaules, lui parlant toujours à voix basse. A la Rotonde, il y avait déjà du papier, un stylo, des enveloppes, tout prêts sur la table. Bontems s'assit. Il hésitait, la pointe levée. Le juge d'instruction parut à ce moment, demanda à Bontems conformément à la loi s'il avait des déclarations à faire. Il n'en avait aucune. Le juge s'en fut. Bontems se mit à écrire. Nous étions debout derrière lui. Il écrivait difficilement. Ce fut bref. Il devait sentir autour de lui cette hâte d'en finir, ou bien il ne voulait pas laisser la pensée de ses parents monter en lui, à cet instant. Philippe avait toujours sa main sur son épaule. Bontems se leva, lui remit la lettre. Nous reprîmes notre marche jusqu'à la prochaine station.

Dans une sorte de bas-côté, l'aumônier avait dressé l'autel. Le Christ tendait ses bras vers les grilles. Deux gardiens s'étaient placés chacun d'un côté du bureau recouvert du linge sacré, un peu en retrait, étrange présence en cet instant. L'aumônier attendait Bontems. Il le mena dans le fond, derrière l'autel. Nous nous arrêtâmes. Bontems était tout proche du prêtre. Il se confessait sans doute. A présent le prêtre lui parlait. Tout était silencieux. Je me retournai. Il y avait là des gardiens, des policiers, des gendarmes et le bourreau qui avait gardé son chapeau sur la tête. Le conseiller aussi dont les lèvres remuaient et qui disait sans doute la prière des agonisants. Et puis d'autres encore. Je les regardai. Tous, et sans doute moi aussi, montraient une sorte de rictus. La lumière électrique durcissait encore leurs traits. Ils avaient tous, à cet instant, des gueules d'assassins. Seuls le prêtre et Bontems, qui recevait l'absolution, avaient encore des visages d'hommes. Le crime avait, physiquement, changé de camp.

Bontems revint vers nous. Nous reprîmes encore une fois notre marche. Devant la porte vitrée, celle qui ouvrait sur la cour, une chaise était posée. Devant elle, nous nous arrêtâmes. Le gardien-chef, qui avait donné la cigarette, s'approcha, une bouteille à la main. C'était du cognac, Bontems accepta, vida le gobelet d'un seul trait. « Il est bon », remarqua-t-il. Le surveillant dit « Oui » en regardant la bouteille. Et puis, à partir de cet instant, tout alla très vite. Le bourreau s'approcha. Bontems lui appartenait totalement enfin. Les aides, en bleu de chauffe, entourèrent Bontems. Il fut assis sur la chaise, ligoté, redressé, on tirait sur les liens à coups secs. Philippe lui parlait, il hochait la tête. Il fut empoigné. Philippe l'étreignit, je l'embrassai à mon tour. Déjà on l'entraînait. Je tendis la main vers lui, vers cette épaule nue, mais il était happé, emporté. La porte s'ouvrit. Philippe laissa échapper une plainte, la seule. Je me détournai. Nous entendîmes le claquement sec de la lame sur le butoir. C'était fini.

Le cortège de Buffet approchait. Nous n'avions pas de raison de le rejoindre. Nous regagnâmes l'antichambre du directeur. Philippe appuyait sa tête sur le mur. Toutes ses forces, il les avait données à Bontems pour qu'il meure bien. Maintenant, il n'en pouvait plus. Il était le coureur épuisé qui s'effondre, après l'arrivée. Je m'assis encore une fois à ses côtés. Il était plus près de moi qu'il ne l'avait jamais été. Nous étions deux vaincus sur le même banc. Mais je savais maintenant, à quoi sert, même vaincu, un avocat. J'entendis à nouveau, une deuxième fois, le même claquement sec, dans la cour. Buffet était mort, après son camarade.

Ses avocats nous rejoignirent. Nous attendîmes un instant. Rien ne pressait plus. Autour de nous, c'était la débandade. Chacun partait de son côté, à la hâte. J'entendis le bruit d'un moteur dans la cour, les grandes portes qui tournaient dans leurs gonds. Nous n'avions plus rien à faire là. Je traversai la cour. Autour de la guillotine, un aide aspergeait le pavé. Le dais pesait de tout son poids noir. Nous sortîmes. Après la cour étouffée par le dais, la rue me parut grouillante d'agitation. Des journalistes, des photographes avaient franchi le barrage de police. Ils couraient vers la porte, sur la chaussée, sur le trottoir. La voiture de Philippe était à quelques mètres. Devant elle, j'étreignis Philippe de toutes mes forces. Puis je m'en allai seul, le long de la rue de la Santé. Un journaliste m'arrêta, me demanda comment cela s'était passé. L'absurdité de tout commentaire et la lassitude m'envahirent. Je regardai un instant ce jeune homme qui attendait, le carnet ouvert, l'air inquiet. Je hochai négativement la tête et repris ma marche. Je pensai qu'il faisait très froid.

De l'autre côté du boulevard Arago, j'aperçus ma femme qui venait vers moi. Je lui ai sûrement souri. Nous avons échangé quelques mots. Nous sommes partis aussitôt. Ma femme conduisait doucement. Les rues étaient vides, comme moi. J'essuyai la glace de mon gant. Il n'y avait plus rien à faire, à dire. C'était fini, voilà tout, fini l'affaire Bontems.

Composition réalisée par COMPOFAC - PARIS.

IMPRIMÉ EN FRANCE PAR BRODARD ET TAUPIN
7, bd Romain-Rolland - Montrouge - Usine de La Flèche.
LIBRAIRIE GÉNÉRALE FRANÇAISE -
ISBN : 2 - 253 - 01122 - 3

30/3454/3